사람, 임락경

사람의 소리, 소리, 소리
임락경을 만난 사람들

이병순과 스물네 사람 지음

시란, 이보름

사람의 소리, 소리, 소리, 이봉선님을 만난 들꽃사람들

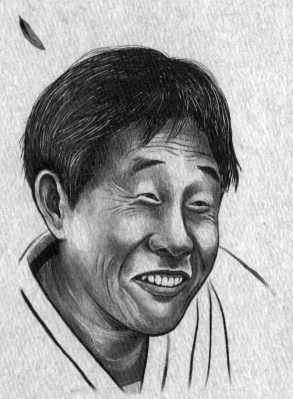

리즈앤북
rees & book

펴내는 글

| 백상훈
한일장신대 신학부 교수

시골집에 도착한 때는 비가 추적추적 내리는 어느 여름날 늦은 아침이었다.

거실 한가운데를 가로지르는, 길디 긴 앉은뱅이 식탁에 둘러앉은 시골집 식구들은 사전 예고 없이 들이닥친 우리 가족을 호기심 가득한 눈으로 바라보았다. 시골집의 터줏대감들이었던 1, 2급 장애인 봉수와 원석이는 각자의 방식대로—봉수는 짐짓 무관심한 척, 원석이는 아무 말 없이 생글방글거리면서— 우리 앞에 앉았고, 다른 식구들 역시 나름의 관심 가운데 우리를 주목하였다.

암환자가 포함된 세 명의 식구를 통째로, 조건 없이 혹은 울며 겨자 먹기로(?) 받아들이기로 결정했을 때 우리는 안도의 한숨을 내쉬면서 목사님과 마음의 눈빛을 교환하였다. 시골집을 방문하기 얼마 전 남양주에서 열린 임락경의 건강 교실에 참석한 우리는 목사님께 시골집에 좀 머물 수 없겠느냐고 여쭈었고, 목사님께서는 가족 전체를 받아들이는 경우는 드물기도 하고 이미 환자들이 여럿 있어서 또 다른 환자를 받을 만한 형편은 되지 않는다고 하시면서도 특유의 표정과 함께 묘한 여운의 말씀을 남기신 터였다.

"그래도 머물고 싶으면 그냥 밀고 들어와야지."

목사님의 아량 덕분에 시작된 10개월간의 시골집 살이를 회상해 보니, 나와 나의 가족이 목사님으로부터 받았던 돌봄, 바로 옆에서 내 눈으로 보고 배운 목사님의 인간적 면모는 퍽 새롭고도 깊이가 있는 것이었다.

몸과 마음이 아픈 사람들의 요청에 벌떡 일어나 즉각적으로 반응하시는 모습, 때로는 친밀하고 유쾌하게, 때로는 격조와 단호함을 갖추어 사람을 대하시는 모습, 먼 곳에서 강의하고 환자들을 돌보고 계신 줄 알았는데 어느새 귀가하셔서 채전을 일구고 계시는 모습, 봉수와 원석이를 포함하여 식구 가운데 아무도 빠짐없이('통과!'라고 본인이 말하지 않는 한) 한마디씩 설교하는 주일예배 때 인간과 세계에 대한 혜안을 담아 담백한 언어로, 더없이 진지한 표정으로 말씀하시는 모습, 그리고 무엇보다도 항상 기쁘게 살아가시는 모습 등이 그것이다.

이 책은 임락경 목사님의 팔순을 기념하면서 펴내는 문집이다. 이 책에 담긴 스물다섯 분의 글은 목사님의 삶과 인격에 대한 초상이다. 저자들이 그리는 초상은 각기 다르기도 하지만 중첩되기도 한다. 이 초상들을 조합해 보면 목사님께서 어디에 관심을 두고 사셨는지, 목사님은 어떤 사람인지, 그리고 목사님과의 만남이 사람들과 세계 안에서 어떤 변화를 일으켰는지 대략 파악할 수 있게 된다. 뿐만 아니라 『임락경의 우리 영성가 이야기』에서 스스로 밝히신 바, 이현필, 최흥종, 류영모, 백춘성, 강원용 등 목사님의 선생님들이 목사님의 인격 형성에 지대한 영향을 미쳤음에도 불구하고 그분들과 구별되는 목사님만의 개별적 고유성, 이른바 '임락경의 영성'도 확인할 수 있게 된다.

그렇다면 임락경의 영성의 실체는 무엇일까?

사람, 임락경

그것은 이 책의 저자들의 증언들 사이에서 발견될 수 있을 텐데, 필자에겐 우리 시대의 키워드들 중 하나인 '돌봄'이라는 단어가 떠오른다. 미국 하버드 대학교의 존경받는 교수였고 당대 최고의 영성 작가였으며 생애 마지막 10년간 캐나다 토론토 소재 라르쉬L'arche 공동체에서 발달장애인들과 함께 생활했던 헨리 나우웬(1932-1996)은 『돌봄의 영성』이라는 책에서 이렇게 말한다.

돌봄을 주고받는 지극히 인간적인 교류 속에서 우리는 '하나님의 사랑받는 자녀'라는 자신의 정체성을 더욱 온전히 붙들 수 있다. 돌봄을 베푸는 사람과 받는 사람의 관계야말로 쌍방의 치유라는 완전히 새로운 영역으로 들어가는 관문이다.

'임락경'이라는 한 인간과의 만남을 크나큰 복이자 기쁨이요 감사의 조건이라고 간주하는, 이 팔순기념문집의 저자들은 목사님의 돌봄을 통해서 몸과 마음의 상처가 어루만져지면서 자신들의 존재를 긍정하게 되고, 그렇게 됨으로써 별 도리 없이 돌봄을 베푸는 자, 말하자면 목사님 강의의 단골 메뉴로써 조은호 님의 글에서도 언급되고 있는, '곰의 발을 잡고 있는 나무꾼'이 되었기 때문이리라. 아마도 돌봄의 관계 안에서 임 목사님 역시 모종의 치유를 경험하셨을 것이고, 자신의 고유한 개별성을 형성해 가셨을 것이다.

임락경의 영성은 목사님 스스로 지어 붙인 세 가지 별칭, 곧 촌놈, 돌파리, 그리고 no人을 통해서도 드러난다. 기독교 영성의 탐구를 업으로 삼고 있는 필자의 눈에 이 별칭들은 '자기를 부인하고 자기 십자가를 지는(마태복음 16장 24절)' 데에서 삶의 의미와 기쁨을 발견하려는 올곧은 의지를 반영하고, 하나님 사랑과 이웃 사랑을 통합하는 실천을 내포한다.

이는 중세 후기 움브리아의 아씨시에서 살았던 프란치스코(1181~1226)가 자신을 '거지', '시체', '당나귀', '하나님의 어릿광대'라고 부른 것이나, 목사님의 선생님의 선생님인 이세종(1879~1944)이 스스로 '공쭐'이라고 칭하면서 아무것도 모르고, 벌레같이 더러우며, 믿을 수 없으며, 미친 놈, 정신없는 자, 돌대가리, 미련한 놈과 같다고 간주한 것과 비슷해 보이면서도 보다 더 친근하고 사랑스러운 느낌을 불러일으킨다.

전국귀농운동본부장을 지낸 이병철 님은 '촌놈'이라는 임락경 목사님의 별명을 '목사'라는 직함에 얽매이지 않으면서도 진정한 목사로서의 삶을 살아가는 사람이라고 이해한다. 《농촌과 목회》 발행인 한경호 님은 임 목사님의 촌스러운 외모와 말투에 얽힌 경험을 추억하면서 그러한 외모나 말투와 대조되는 목사님의 폭넓은 인간관계, 생명운동에 대한 진지한 태도, 노래하고 글 쓰는 능력의 탁월함 등을 존경어린 시선으로 바라본다. 한용걸 님은 누추해 보이는 인상에 허름한 옷을 입고 입었던 임 목사님이 만들고 세워 간 시골집에서 자신이 꿈꾸던 이상적인 공동체를 발견했노라고 술회한다. 목사님을 만난 이후 '목사이지만 목사가 아닌' 삶을 살게 되었다는 김민해 님의 글에는 늘 기쁘게 살아가는 '사람다운 사람'의 전형으로서 목사님에 대한 눈물겨운 고백이 묻어 있고, '목사'라는 칭호를 지녔지만 농사를 주업으로 삼으면서 영성을 기반으로 한, 진정한 의미의 사회복지를 실천하고 있는 목사님을 만나 깊은 감화를 받았다는 한동대 사회복지학 교수 유장춘 님의 글에는 공동체적 삶에 대한 목사님의 철학이 한 지식인을 공동체적 삶에의 헌신으로 내몬 과정이 자세하게 소개되어 있다.

'돌파리突破理'는 '돌팔이'라는 단어를 비튼 것으로서 '이치를 돌파한 사람'이라는 뜻을 갖는, 임락경 목사님이 손수 만든 말이다. 정농회 회장 정경식 님은 임 목사님이 사물과 자연, 그리고 인간 몸의 이치를 터득하게 된 것이 동광원에서 가난하고 배고프고 병든 사람들과 함께 생활했기 때문이라는 '원투(일리 一理)' 있는 분석을 한다(임 목사님의 주특기, 아재개그의 일환인 말장난을 필자가 따라해 본 것임).

1961년 여름, 가르침을 받고자 이현필을 찾아갔지만 결국 무등원으로 보내진 임 목사님은 그곳에서 폐결핵 환자들을 돌보던 최흥종 목사로부터 사람 몸의 병을 다루는 기초를 배우게 되고, 이후 전주 진달네교회와 장흥의 동광원 그리고 화천 시골집에서 돌봄과 치유의 삶을 지속하면서 더 깊이 이치를 터득해 갔기 때문이다. 임 목사님은 몸의 이치도 돌파했지만 땅의 이치와 땅으로부터 나오는 식물의 이치도 돌파했는데, 그것은 목사님이 평생 농사짓는 사람으로서 땅과 하늘의 운행에 민감했기 때문이리라.

김미선, 심부덕, 송채규, 양동기, 오영숙 님의 글은 돌파리 임 목사님의 '잔소리'를 자신 혹은 가족의 삶과 치료 과정에 받아들임으로써 몸과 마음이 새롭게 된 경험담을 포함하고 있다. 돌파리 잔소리 덕분에 기적적인 '회생'을 경험한 분들이 어디 이분들뿐일까? 좀 더 많은 분들의 이야기를 실었더라면, 하는 아쉬움이 있지만 무수한 회생의 이야기들은 이미 많은 곳에서 '복된 소식'의 홀씨가 되어, 각자의 삶의 자리에서 보다 자연 친화적인 환경을 만들고, '흥부처럼' 먹으면서 자기주도적으로 치유해 나가며, 즐거움보다는 기쁨을 좇아가도록 부추기고 있다는 현실을 되새기면서 그 아쉬움을 달랜다. 이러한 현실은 '촌놈'과 '돌파리'의 앞 글자를 딴 '촌돌'이라는 모임의 제3대 회장 박승규 님과 2대 회장 유희영 님의 글을 통해서 확인할 수 있다.

'no人 임락경'은 지구여행학교의 조태경 님이 임 목사님이 70세 되었을 무렵 건네받은 명함에 새겨진 새로운 별칭이다. 이 별칭은 자신은 사라짐으로써 맛을 내는, 성경의 산상보훈 속 '소금' 이미지와 상통한다.

임 목사님의 오래된 후원자 이병순 님은 '세상의 소금'으로서 맛을 내며 살아온 목사님에 관한 여러 일화를 들려준다. 목사님의 이러한 면모와 관련하여 전 일본 애진그리스도고등학교 교장 오다 코헤이 님은 '다른 사람의 아픔을 자신의 아픔으로 삼는다'고 표현한다. 그리고 이누카이 미츠히로, 최정석, 그리고 박회진 님의 글은 목사님의 소금과 같은 삶에 대한 현해탄 너머에서 배달된 편지이다. 실상사 회주 도법 스님은 타인의 고통을 내 것으로 삼고, 전국을 돌아다니며 돌봄의 삶을 살고 있는 목사님을 불교의 위대한 인물들에 빗대는 동시에 강으로 흘러가는 시냇물, 바다로 흘러가는 강물에 비유한다. "이 시대를 까닭 없이 위무하는 한님의 에피파니"라고 읊조린 이현주 님, 이세종-이현필로 이어진 영맥靈脈이 목사님 안에서 꽃을 피우고 있노라고 경찬한 이해학 님, 그리고 내면의 가치를 잃지 않고 당당하게 살아갈 수 있도록 늘 자신이나 함께 사는 장애인들의 편에 서 주신 분이라고 회상하는 막내딸 임들래 님의 글 속에서 우리는 오랜 세월을 함께하며 보아온 no人 임락경의 진면목을 보게 된다.

임락경 목사님의 팔순을 기념하여 펴내는 이 문집은 목사님의 제자들 모임이라고 할 수 있는 촌돌에서 기획한 것이다. 목사님에 대한 애정이 남다른 분들이 정성스레 글을 써 주셨고, 여러 분들이 귀한 사진들을 보내 주셨다.

오랜 세월 목사님 옆에서 목사님의 '돕는 배필'로서 여러 일들을 해오신 촌돌 1대 회장 한주희 목사님이 원고를 청탁, 수집하고 출판사와 소통하면서 이 책이 출간될 수 있도록 많은 수고를 하셨고, 「무월산방 소고」라는 글을 통해 화천 시골집의 별채에 머무르게 되었을 때의 '신즉자연神即自然'의 경험을 술회한 춘천 성암교회 허태수 목사님은 이 책의 편집과 출판에도 애써주셨다. 참 감사한 일이다.

　　녹록치 않은 출판계의 현실 속에서 출간을 결정하신 출판사 사장님과 좋은 책으로 만들어 주신 직원 선생님들에게도 감사드린다.

　　그리고 마지막으로, 이 문집이 팔순을 맞으신 임락경 목사님께는 작은 위로의 선물이 되고, 돌봄의 영성을 필요로 하는 작금의 우리 사회에는 작지만 뚜렷한 기록이 되기를 바란다.

2024년 6월
편집인들을 대표하여
백상훈 씀

차
례

▲ 천리포 수목원에서

벗이 벗에게

시골교회와 교류한 추억

이누카이 미츠히로 犬養光博

후쿠오카 탄광촌 후쿠요시전도소 은퇴목사,
재일조선인지문날인 거부투쟁

목사님의 80세 생신을 축하합니다. 저도 지난 4월 29일로
85세가 되었습니다. 다시 한 번 시골교회와 지내온 일들을 되돌
아보았습니다.

현재 우리들은 나가사키 현의 마츠우라시松浦市에 살고 있
지만 시골교회와의 교류는 우리들이 치쿠호우 지역의 후쿠요시
전도소福吉傳道所에 있던 시절의 일입니다.

처음 시골교회에 들렀던 때는 1994년 2월의 설날이었습니
다. 엄청난 쇼크였습니다. '교회'라기보다는 커다란 시설이라는
느낌이었습니다. 다양한 장애를 지닌 분들, 부모가 없는 아이들

과 의지할 곳 없는 노인들, 그리고 몇 사람의 봉사자가 공동생활을 하고 있었기 때문입니다.

일본에서는 그런 사람들은 별도로 모아놓아, 결과적으로 '겐쿄우샤健常者'라고 불리는 보통 사람들과 격리하여 생활하게 하는 것이 '진보적인 체제'라고 생각하던 시기였습니다. 그러니 시골교회의 모습에 엄청나게 감동할 수밖에 없었습니다.

1995년 8월에는 후쿠요시 전도소의 신자들과 함께 버스를 빌려서 시골교회를 방문했습니다. 임 목사님이 그때 돼지를 잡아 맛있는 식사도 대접해 주셨지요. 시골교회의 예배에서 사용되던 〈시골교회의 기도〉에 감동하여 후쿠요시 전도소에서도 예배 중에 〈시골교회의 기도〉를 계속 드려왔습니다.

그 후 2005년 8월 임락경 목사님의 환갑을 축하하러 친구들과 함께 방문하기도 했지요. 그렇지만 마지막으로 방문했을 때는 함께 지내던 사람들이 시골집에 아무도 없어서 좀 쓸쓸했습니다. 한국도 일본처럼 격리 정책을 시행하고 있다는 생각이 들었습니다.

후쿠요시 전도소에도 목사님이 오셔서 설교해 주셨지요. 또 시골교회 근처의 한주희 목사님의 아들인 한성규 군이 후쿠요시 전도소 근처의 후루노 다카오古野隆雄 씨 농장에서 1년간 농업 실습을 하면서 매주 예배에 참석하기도 했습니다. 그러던 중 한주희 목사님과 친구들도 방문하셔서 제가 유후인湯布院과 아소阿蘇를 안내한 적도 있었지요.

목사님, 현재의 시골교회의 모습도 보고, 앞으로의 시골교회 비전도 듣고 싶습니다.

사람, 임락경

한국의 생명 존엄의 영맥

이해학

(사)겨레살림공동체 대표,
성남 주민교회 은퇴목사

임락경 목사와 나는 비슷한 점이 많다. 우리는 우리나라가 일제로부터 해방될 무렵에 태어난 동시대인이다. 지역도 전라북도 순창군 하고도 유등면에서 태어난, 같은 고향 사람이다. 둘 다 험하고 거친 세상을 뚫고 나와 목사가 되어 평생 목회를 하며 살았다.

그런데 지난해에 107세를 일기로 돌아가신 나의 어머니 한맹순 권사님은 임락경 목사만 참 목사로 인정한다. 나는 어머니께 용돈도 드렸다. 여행도 시켜드리고, 늘 맛있는 음식도 사드리려고 애를 썼다. 그런데 무슨 일이건 임락경 목사가 '이렇게 했다' 하면 그것이 답이고 기준이 되어버린다. 좀 억울할 때도 있다.

모든 일에는 다 이유가 있는 것이다. 내가 어머니를 화천 시골교회에 맡겼고, 어머니께서는 그곳에서 장애인들과 같이 6년간 사셨다. 낮에는 콩밭을 매시고 밤에는 아이들을 품고 주무시는 것이 행복해 보였다. 내가 가끔 "너무 힘드시니 그만 돌아오시라"고 하여도, 어머니는 "사슴에게 풀 주고 달걀을 꺼내 오는 즐거움이 너무 크다"라고 말씀하시며 마다하셨다.

아들 목사보다도 임락경 목사를 신뢰한 어머니

가끔 시골교회에는 동정심 많은 크리스천들이 '착한사람 콤플렉스'에 겨워 장애인 공동체를 돕겠다며 라면이나 과자를 한 차씩 싣고 온다는 얘기를 들은 적이 있다. 게다가 억지로 사진도 찍으려 한다는 것이다. 임락경 목사님은 "이런 걸 누가 먹느냐!"며 매정하게 돌려보낸 적도 있다고 한다.

어머님께서는 "그래도 여기까지 싣고 왔는데 성의를 무시하는 것 같아 안타까웠다"고 말씀하시기도 하였다. 그러나 어머니는 결국 '장애인들에게는 건강식품을 먹여야 한다'는 임 목사님의 '똥고집'에 감동하고 말았다.

한 번은 어머니가 거기에 계시니 우리 교회 집사 한 분이 자기가 키우던 개를 끌고 가서 맡겼다. 그런데 임락경 목사님이 반대를 하셨다. 개는 안 된다는 것이다. 어머니는 "이 개는 내가 오래 보아왔는데 착한 개예요. 내가 키울 테니 걱정 마셔요."라고 말하기까지 했지만 그의 고집을 꺾지 못했단다.

어느 날 채소밭에서 찢긴 닭 시체가 발견되었다. 어머니는 우리 착한 개는 절대 그런 일을 할 녀석이 아니라고 힘주어 강조하셨다. 그런데 함께 채소밭으로 가는데 우리를 보고 그 개가 도망을 갔고, 가만 보니 그 자리에 뜯다 만 닭이 죽어 있었다. 이것을 발견하고 어머니의 믿음이 깨졌다.

어머니는 임락경 목사님에게 "목사님, 내가 잘못 알았어요. 우리 개가 닭을 잡다가 들켰어요."라고 말했는데, 임 목사님은 "그래요?" 하고 응답할 뿐이었다. 우리 어머니는 아신다. 아들 목사였다면 "그거 보셔요, 내가 뭐랬어요. 착한 개는 없다고 했잖아요." 하고 다그쳤을 것이다. 이처럼 어머님은 임락경 목사님을 몸으로 경험하셨기에 그를 전적으로 신뢰하신 것이었다.

벗이 벗에게

금강산을 함께 올랐던 경험

나는 내 생애 동안 농민교육, 약초학교, 생명 살리는 모임 등에 가서 임락경, 그분을 만난 것을 다행스럽게 생각한다. 그분을 만나면 나를 반성하며 비우고 멈추게 되고, 그것이 기도로 이어지기 때문이리라. 임락경에게는 지하수 같은 '영맥靈脈'이 흐르고 있다.

전남 화순의 이세종 선생에서 시작된 영적 불길이 맨발의 성자 이현필 선생으로 이어지고, 임락경 목사를 통하여 광주, 순창, 남원을 거쳐 북상하는 모습은 봄꽃이 올라가며 피는 것과 같다. 임락경은 이현필 선생의 가르침이 몸에 밴 사람이다. 이현필 선생의 계율은 "첫째, 학교 가지 마라. 둘째, 병원 가지 마라. 셋째, 고기 먹지 마라. 넷째, 구호물자 받지 마라."였다.

1954년 순창군 유등면에서 서경원과 임락경의 아버지들은 이 계율에 따라 초등학교 4학년인 자식들이 학교 가는 것을 그만두게 한다. 일제 때는 신사참배에 앞장서고 전쟁 후에도 물질의 바벨탑을 쌓기에 바쁜, 교권주의와 세속주의에 물든 기성 제도권 교회에 실망한 교인들이 이현필의 성경 중심 영성과 실천에 감동하여 수도공동체를 이루어 나갔는데, 임락경의 아버지도 그 영향을 받은 것이다.

'하나님 없이, 하나님 앞에서, 하나님과 함께' 믿음의 삶을 살고자 했던 다석 유영모 선생은 이현필 선생이 있기에 한국 신앙의 희망을 본다고 하였다. 임락경 목사님이 계시기에 한국의 미래가 생명의 환한 꽃밭을 보게 되리라.

임락경, 80세라니! 모세가 이스라엘 백성을 인도하던 때가 비로소 되었구려! 더 능숙하게 자유와 창조의 춤사위를 보여주시오.

아무리 봐도

이현주
작가, 번역가

전라도 촌놈 임락경은 아무리 봐도 이 시대의 에피파니*다.

재미있으면서 정직하고 아프면서 웃음 짓고

봐라, 봐라, 세상이 아무리 엉망이라도

여기 지하수가 흐르고 저기 꿀벌이 날아다닌다,

그러니 부디 좌절하지 말고

저마다 있는 자리에서

인생의 맛과 멋을 찾아 누려라,

너희 모두 그럴 자격이 있고 실력도 있다,

캄캄한 밤중에라도

눈알은 샛별처럼 반들거리고

입술은 트럼펫처럼 황금색으로 빛나고

그럴 수 있다, 그러려고 있는 게 바로 너희들이다,

누가 듣거나 말거나 고장 난 유성기처럼

지칠 줄 모르고 세상을 향해서

노래와 말을 던지는 수상한 한님의 에피파니다.

아무리 봐도 전라도 정읍 땅 임락경은

이 시대를 까닭 없이 위무하는 한님의 에피파니다.

....

* 에피파니epiphany. 보통 '신神의 현현顯現'으로 번역되는 모양인데, 한글로 된 마땅한 단어를 찾지 못해서 요즘 라디오나 텔레비전에서 하는 것처럼 그냥 '에피파니'라고 쓴다. 임락경을 만난 사람들 가운데 하나로 무슨 글을 쓰라기에, 예수가 사람의 모습으로 세상에 오신 하느님인 것처럼, 임락경이란 인간이 뭐 그렇게 보인다는 사견私見을 보탠다.

◀ 양봉장에서

▼ 손자와 함께

나
의
아
버
지

아버지를 회상하며

임들래
막내딸(캐나다 거주)

제 나이 다섯 살에 재입양 되어, 강원도 화천의 시골집으로 향하는 버스 안에서 이루어진 아버지와의 첫 만남을 기억합니다. 아버지는 하회탈처럼 환하게 웃으며 제게 "까꿍까꿍" 해주었습니다. 낯선 아저씨가 신생아도 아닌 저에게 '까꿍' 하던 그 모습이 참 이상하면서도 잔잔하고 따뜻하게 다가왔음을 가슴으로 기억합니다.

어린 시절 저의 삶속에 스며들어온 아버지의 모습, 아니 제가 아버지의 삶의 일부가 되어 성장할 수 있었던 저의 삶은 참으로 축복이었음을 깨닫습니다.

밭을 갈고 씨를 뿌리는 방법을 가르쳐 주실 때 아버지는 땅 위를 가볍게 나는 새처럼 춤추듯 몸소 보여주셨고, 흙집을 지으면서 몸채만한 큰 바위를 들어올릴 때는 "바위는 공깃돌이요, 큰 나무기둥은 이쑤시개"라고 말하며 유쾌하게 일하셨습니다.

아버지는 누가 아프다 하면 이른 새벽에 일어나 땅끝마을까지도 찾아 가시길 기뻐하셨고, 오랜 운전 중에 피곤하여 입술이 부르튼 와중에도 어린 시절 즐겨 부르던 노래들을 흥겹게 부르며 저를 비롯한 자녀들에게 가르쳐 주셨습니다.

병들고, 장애가 있고, 혹은 나이가 많아 돌봄이 필요한 어르신들까지 약 30~40명의 식구들을 돌보면서, 대외적으로는 아픈 사람들을 만나며 그들의 필요를 채우셨습니다. 그리고 '질병에 대한 자연적인 치료 방법', '환경과 농업' 등에 대한 수많은 강의를 하시며 하루 24시간도 모자란 듯 사셨습니다.

그러한 삶을 사는 것이 결코 쉽지 않았을 텐데, 저의 기억속 아버지는 산바람처럼 가볍고 시냇물 흐르듯 잔잔하게 아버지의 받은 바 소명을 이루며 살아오셨습니다. 아버지께서는 늘 "나의 행복을 쫓아가는 삶은 즐겁지만, 대가 없이 다른 사람을 위한 삶은 기쁨"이라고 말씀하셨는데, 저는 아버지가 왜 그토록 유쾌하고 자연스럽게 그 힘든 일들을 기꺼이 '기쁨'으로 감내하고 사셨는지 이해가 되었습니다.

삶의 기준을 밖에 두고, 보이는 것에 더 가치를 두는, 허구적인 인생들이 넘쳐나는 세상에서 살아가다 보면, 종종 마음의 길을 잃을 때가 있습니다. 그럴 때마다 제 마음 저 깊은 곳으로부터 떠오르는 한 가지 추억이 있습니다.

어느 날, 집 앞의 밭에서 풀을 매시던 아버지가 뒷머리에는 새둥지를 튼 채 신고 있던 고무신을 그대로 신고 딸들을 데리고 서울행을 하셨습니다. 어린 시절이라 정확한 장소는 기억이 나지 않지만, 그곳은 분명 으리으리하고 번쩍번쩍한 곳이었습니다. 검은 양복을 빼입은 사람들과 사회적으로 저명한 사람들이 초대를 받아 모여 있던 그곳에서 아버지와 저희 가족들은 정문에서부터 당장 쫓겨날 상황이었습니다.

알고 보니 그곳은 초대장을 보여주어야 들어갈 수 있는 곳이었습니다. 허름하게 옷을 입고 고무신을 신은 아버지는 양손에 저희들의 손을 잡고 당당히 버티셨습니다. 그렇게 몇 분 동안 실랑이를 벌이다가 저 멀리서 양복 입은 몇몇 사람들이 달려와 인사를 해주신 바람에 그제야 아버지는 품에 있던 초대장을 보여주셨고, 우리는 웃으며 함께 입장할 수 있었습니다.

그 신선한 충격은 그때뿐만 아니라 어른이 된 지금까지도 한 번씩 마음의 문을 두들기며 말하는 듯합니다. "체면과 지위보다, 겉으로 보이는 모양새나 소유보다 더 중요한 내면의 가치를 잃지 않는 것, 그리고 그 가치를 발견했다면 좀 '배 째라'란 태도로 당당해도 돼!" 그때의 일은 그렇게 세상의 선입견과 허상으로부터 벗어나 삶의 중심을 잡고 살아가게 한 잊지 못할 경험이 되었습니다.

아버지는 분명 저의 아버지로만 살기에는 너무 비범하고 바쁘신 분이었습니다. 그러나 저는 참 운 좋게 아버지의 삶의 일부가 되어 비싼 값을 주고도 배울 수 없는 주옥같은 삶의 가치들을 몸으로 배울 수 있었습니다.

아이 넷을 키우며, 시간이 흘러갈수록, 아버지가 얼마나 제게 '참 아버지'였는지 깨닫게 됩니다. 내 몸으로 낳은 내 자식을 키우는 일도 벅차고 힘들 때가 많은데, 아버지는 얼마나 힘드셨을까요? 그러나 아버지는 어린 저희들을 늘 데리고 다니셨고, 좋은 사람들과 만나게 해주셨습니다. 그리고 이것이 아버지가 물려주는 유일한 자산이라고 말씀하셨습니다.

학교에서 혹여나 친구들에게 '입양아'라고 놀림을 받으면 발 벗고 나서서 분노하셨고, 어떤 형태로든 출생의 문제로 크고 작은 상처를 받을까 봐 전전긍긍하셨던 아버지의 얼굴 모습이 기억납니다. 지금이야 입양아를 '가슴으로 낳은 자식'이라고 부르는, 수준 높은 인식을 지닌 사람들이 많지만, 당시엔 입양된 사실이 알려진 입양아는 그 자체로 흉이 되거나 사람들의 입방아에 쉽게 오르는 문제아가 될 수 있었습니다.

장애인도 마찬가지였습니다. 그 당시에 처음 시골집을 방문한 사람들은 매우 낯설고 불편한 모습의 장애인들을 어찌 대해야 할지 몰라 쩔쩔맸습니다. 그렇게 불편하고, 흉이 되고, 늘 소외되어 약자가 될 수밖에 없는 사람들을 아버지는 거창하지 않게, 자연스러운 모습으로 품으며 함께 사셨습니다.

아버지의 팔순을 앞두고 아버지와의 추억을 떠올리며 글을 쓰면서 저는 얼마나 가슴이 따뜻했는지 모릅니다. 그 추억은 제게 "물결처럼 잔잔하고 자연스럽게, 거창할 것도 없이 네가 가진 모습, 그 가치로 살아도 괜찮다. 그러다 도움이 필요한 곳이 있다면 아버지가 보여주신 것처럼 내가 가진 것만큼만 나누고 살면서 기뻐하는 삶이 진짜 알짜배기 인생"이라고 속삭여 주는 듯합니다.

아버지의 존재는 먼 캐나다 땅에서 이방인으로 살아가는 저에게, 그리고 때론 쉽지 않은 인생길을 걷기도 하는 저에게 늘 따스한 위로이고 흔들리는 마음을 잡아주는 등대와 같습니다.

아버지, 사랑하고 존경합니다.

곰의 발을 잡고 있는 나무꾼

조은호
목포 온누리교회 담임목사

임락경 목사님을 내 생애 중에 만난 것은 온전히 주님의 은총이다. 프란치스코, 니콜라우스, 마더 테레사 등 인류 역사에 수많은 성자들이 있었지만, 우리나라에 생존해 계신 분들 중에 성자를 꼽으라면 나는 주저 없이 임락경 목사님을 꼽겠다.

역사가 어떤 사람을 '성자'로 평가하고 존경하는 기준은 딱 하나일 것이다. 자신보다 이웃을 위해 한평생 오롯하게 살았던 사람이다. 임락경 목사님은 지금까지 그렇게 사셨던 분이었다. 적어도 나의 눈에는.

첫 만남

2006년, 전남 강진에서 목사님을 처음으로 뵐 기회가 생겼다. 그동안 책을 통하여 또는 지인으로부터 전해들은 것에 기초하여 나는 '전설 같은 분'을 만난다는 설렘과 기대에 부푼 상태에서 목사님을 처음 뵌 순간 말문이 막혔다.

목사님은 금방이라도 멈출 것 같은 중고 트럭을 타고 오셔서 내린 후 우리 일행을 향하여 걸어오셨다. 나를 놀라게 한 것은 목사님의 복장이었다. 그것은 1970년대 시골 할아버지의 행색 그 자체로, 검정 고무신에 허름한 옷이었다. 그분의 명성에 전혀 어울리지 않는 모습이어서 충격이었는데, 곧바로 나의 우매한 편견을 반성하게 되었다. 아씨시의 프란치스코 성인처럼, 목사님께서도 자신에게 주어진 모든 것을 버리고 어려운 이웃을 위해 사시면서 자신의 의복에는 전혀 신경 쓰시지 않았던 것이다. 첫 맛남에서 나는 목사님께 완전히 매료되었고, 나의 스승이요 아버지로 모시기로 마음먹었다.

목사님 삶의 좌우명

목사님과 첫 만남 이후, 내가 섬기는 온누리교회에 한두 달

에 한 번씩은 모시게 되었다. 교우들도 목사님을 존경했고 친아
버지처럼 따랐다. 언젠가 우리집에서 주무시게 되었을 때, 나는
이렇게 여쭈었다.

"아버님! 일평생 살아오시면서 삶의 좌우명이 있다면 무엇
인가요?"

목사님께서는 잠시 생각하시다가 말씀하셨다.

"살신성인殺身成仁과 안빈낙도安貧樂道다."

"아버님! 풀어서 설명해 주십시오."

나는 재차 여쭈었다.

"사람은 모름지기 이웃을 위해 살 때 비로소 사람이라고 할
수 있지. 예수님이 그렇게 살지 않았는가? 또 하나, 자발적으로
가난을 선택했으면서도 자신의 삶의 길을 즐기는 것이다. 이 또
한 예수님의 삶이 아니냐?"

나는 목사님의 그런 삶이 더욱 궁금해져서 또다시 여쭈었다.

"목사님! 그렇게 살려면 저는 어떻게 해야 합니까? 저는 그
리 살아야겠다고 마음으로 생각하지만 삶에서는 대단히 어렵습
니다."

목사님께서는 이렇게 대답하셨다.

"그렇게 사는 것이 자신에게도 이웃에게도, 예수님에게도 좋은 거여. 그리 살겠다고 기도해야지! 그럼 주님께서 도와주실 거야."

목사님의 선린善隣의 삶

평생을 폐결핵 환우, 한센병 환우, 중증지체장애우, 말기암 환우들과 함께 보내셨던 목사님께서 주일예배 설교 중에 하신 말씀이 지금도 나의 가슴에서 울리고 있다.

어느 날 나무꾼이 산에 갔는데 어떤 사람이 곰의 앞다리 두 개를 양손으로 붙들고 있는 광경을 보았다. 나무꾼이 왜 그렇게 있느냐고 묻자, 그 사람은 잠시만 곰의 발을 잡고 있어 달라고 부탁했다. 나무꾼은 할 수 없이 곰의 발을 잡고 있는데 잠깐 일보고 오겠다던 그 사람은 감감 무소식이었다. 그래서 그 나무꾼은 지금까지 계속 곰의 발바닥을 잡고 있단다. 내가 그 나무꾼이다. 그런데 아직도 내 앞에 곰의 발을 잡겠다는 사람이 없구나. 곰의 발은 다름 아닌 고통 받고 불쌍한 우리의 이웃이다.

이런 말씀을 두세 번 하셨는데, 이 말씀을 하실 때마다 나의 가슴은 무너지고 있다. 지금도 나는 기도하고 있다. "주님! 저에게 그 곰의 발을 잡고 있을 용기와 헌신을 주소서!" 곰의 발을 잡겠다는 것은 목사님의 말씀처럼 살신성인의 삶이 아니면 결코 할 수 없는 일이기 때문이다.

귀하게 여기는 성경 말씀

언젠가 목사님과 우리집에서 아침식사 후 차를 마시며 담소를 나누고 있었다.

"아버님! 성경 말씀 중에 아버님께서 가장 좋아하는 말씀이 무엇입니까?"

질문이 끝나자마자 곧바로 대답하신다.

"마태복음 6장 33절, '너희는 먼저 그의 나라와 그의 의를 구하라, 그리하면 이 모든 것을 너희에게 더하시리라.' 이 말씀이지. 평생 이 말씀 하나 붙잡고 살았어."

"왜 이 말씀을 가장 소중하게 여기시나요?"

내가 되묻자 목사님께서 말씀하셨다.

"예수님의 삶과 가르침은 이 말씀에 다 집약되어 있어. 요즘 기독교인들이 이 말씀을 놓치고 있는 것이 안타까울 뿐이지. 이 말씀이야 말로 기독교의 핵심이라고 말할 수 있겠지."

"그렇다면 아버님! 아버님의 평생의 좌우명과 성경 말씀을 붓글씨로 써 주십시오. 교우들과 함께 보며 가슴에 새기겠습니다."

목사님께서 고개를 저으시며 말씀하셨다.

"나는 글씨 쓰는 사람이 아니여. 글씨는 이현주가 쓰지. 난 아직까지 한 번도 글씨를 써 본 적이 없어. 이현주에게 부탁해라."

"아버님! 아버님의 삶을 아버님의 글씨로 받고 싶습니다. 제가 아들인데 아버님 돌아가시고 난 후에도 아버님을 기억하고 싶어서 그렇습니다. 부디 써 주세요. 아버님!"

한참을 고민하시다가 목사님께서 말씀하셨다.

"정 그렇다면 붓을 가져 와라."

이렇게 부탁해서 목사님께서 써 주신 글씨가 당신의 좌우명인 살신성인殺身成仁과 안빈낙도安貧樂道, 가장 귀하게 여기는 성경 말씀인 마태복음 6장 33절, 그리고 마지막으로 평생 자연 치유를 통해 목사님 스스로 터득하신 '독출한뇨毒出汗尿'이다.

상황에 맞는 유연함

오래전 강원도 원주에서 '생명평화결사' 모임이 있었다. 모임을 개최한 집주인께서 정성껏 음식을 마련하여 대접해 주셨다. 평소 목사님은 '건강한 삶을 위한 세 가지 원칙'을 갖고 계셨다. 첫째, 모든 육고기와 우유, 계란을 먹지 말 것. 둘째, 식용유로 요리한 모든 음식을 먹지 말 것. 셋째, 모든 인스턴트 식품을 먹지 말 것이 그것이었다. 이 원칙은 모든 사람들에게 해당되는 것이다.

집주인께서 정성껏 마련한 음식에는 고기와 야채전도 함께 있었다. 뷔페식으로 차려져 있어서 줄선 순서대로 음식을 나누고 있었는데, 내 앞 순서가 목사님이셔서 나는 목사님을 유심히 바라보고 있었다. 목사님께서는 나의 기대와 다르게 고기와 야채전을 조금씩 접시에 담고 계신 것이었다.

나는 목사님께 "아버님! 고기와 전을 먹지 말라면서요?"라고 여쭈었더니, 목사님께서는 아무 말씀을 안 하시고 나의 옆구리를 툭 쳤다. 나는 나중에서야 알게 되었다. 목사님께서 고기와 전을 접시에 담은 것은 음식을 마련한 주인의 입장을 배려하셨기 때문이라는 것을. 그날 나는 아무리 중요한 원칙이라도 상황에 맞게 적용하면서 이웃을 배려해야 한다는 것을 목사님으로부터 배웠다.

생명의 은인

지금으로부터 15년 전쯤 일이다. 목사님과 여행 중에 한 식당에 들렀다. 그곳은 백반집이었다. 우리 일행 모두가 배가 고팠던 터라 식사기도 후 식사를 하는데, 내가 계란 후라이를 먼저 집어들었다. 그 모습을 보시던 목사님께서 말씀하셨다.

"조 목사! 너는 지금부터 육고기, 우유, 계란 그리고 식용유로 요리한 음식, 모든 인스턴트 식품을 끊어라."

이유를 여쭐 필요가 없을 만큼 건강에 대해서 잘 아시는 분이 하시는 말씀이기에 나는 이후로 1년 동안 목사님의 말씀대로 그러한 음식을 먹지 않았다. 그런데 견디기가 아주 어려웠다. 평소 즐겨 먹었던 음식들이라 그것을 먹지 못하여 방바닥을 구른 적이 한 두 번이 아니었다. 그렇게 1년이 지난 후 목사님께서 우리집에서 주무실 때 여쭈었다.

"아버님! 왜 저에게 그런 음식들을 먹지 말라고 하셨습니까?"

목사님께서 그제야 이유를 말씀해 주셨다.

"조 목사! 그때 음식을 조절하지 않았다면 너는 금방 떨어졌다."

"아버님! 그럼 앞으로도 계속 고기를 먹으면 안 됩니까?"

내 얼굴을 훑어보시고 목사님께서 말씀하셨다.

"일주일에 한 끼니만, 한두 번 먹는 둥 마는 둥 해라."

이후로 나는 일주일에 한 끼니만, 그것도 한두 번씩만 고기를 먹었다.

그런데 그렇게 먹다 보니 옛 맛이 되살아나서 갈수록 더 많이 먹게 되었다. 한 번은 몸이 안 좋아서 병원에 갔더니 혈압이 높다고 당장 혈압 약을 복용해야 한다고 의사가 말했다. 나는 목사님께 바로 전화를 드렸다.

"아버님! 병원에서 혈압이 높다고 혈압 약을 먹으랍니다. 어떻게 할까요?"

"너 고기 많이 먹었지?"

"네."

"평생 혈압 약 먹고 살려면 고기 먹고, 혈압 약 안 먹으려면 당장 고기 끊어라~."

"네…!"

지금도 나는 목사님께서 말씀하신대로 음식을 절제한다. 주변에서는 나이가 들수록 고기를 먹어야 한다고 종용한다. 나도 고기, 라면, 짜장면을 먹고 싶다. 글을 쓰고 있는 지금도 먹고 싶다. 하지만 나이 들어 요양병원 가기 싫어서 안 먹고 있다. 버티고 견디는 중이다. 나의 생명을 연장시켜 주신 목사님께 감사드린다.

관옥 선생님과 목사님의 우정

관옥 선생님과 목사님의 만남은 오래되었다. 강원룡 목사님과 크리스천아카데미를 설립할 때부터였다고 한다. 오랜 세월 함께한 벗으로서 두 분은 우정을 나누고 계신다.

몇 년 전 화천 시골집 일로 목사님께서 심적으로 고통받고 계셨다. 나는 관옥 선생님을 만난 자리에서 임락경 목사님께서 이런저런 일로 힘들어 하신다고 전해 드렸다. 관옥 선생님께서는 그 얘기를 듣고 연락도 없이 강원도까지 목사님을 찾아가셨다.

그때 목사님께서는 기르시던 꿀벌들에게 먹이를 주고 계셨다. 관옥 선생님은 한동안 말없이 그렇게 일하시는 목사님을 계속 바라보고 계시다가 목사님과 눈이 마주쳤다.

"왔어…?"

"응….."

한참을 그렇게 아무런 말도 없이 서로를 바라보시다가 두 분은 "갈게….", "그래….."라며 짧은 대화만을 나누셨다고 한다. 그렇게 만나고 돌아오셨다고 관옥 선생님께 들었다. 진정한 우정과 사랑을 느낄 수 있는 인생 고수들의 교제였다.

짧은 몇 마디 대화 속에 배어 있는 깊고 진한 사랑과 우정을 나도 누군가와 나누고 싶었다. 두 분의 대화는 마치 고승들이나 수도사들의 대화 같았다. 이렇게 두 분은 여전히 우정을 나누고 계신다.

안빈낙도安貧樂道

목사님께서는 10대 때부터 하나님께 두 가지를 서약했단다. 하나는 농부가 되는 것이고, 또 하나는 평생 옷을 사서 입지 않겠다는 것이란다. 우리 교회에는 한두 달에 한 번씩 오셔서 주일예배를 함께 하신다. 우리 교우들도 목사님을 아버지나 친정

아버지처럼 좋아하고 섬긴다.

목사님을 뵐 때부터 옷이 너무 낡아 마음 한구석이 늘 아려왔다. 두세 번 목사님 생신 때나 명절 때 옷을 선물로 드렸다. 옷 선물을 받으신 후 목사님께서 나를 부르셨다.

"조 목사! 나는 평생 옷을 사서 입지 않겠다고 하나님께 서약했다. 조 목사가 옷을 사 주어서 냉정하게 뿌리치지 못했다만, 이제 앞으로는 옷 선물을 하지 말거라."

"아버님! 자식이 아버님께 옷도 선물 못합니까?"

"아니다. 그만 사라. 네 마음은 이미 받았다. 하나님께 서약한 것이니, 네가 나를 도와주어라."

그 말씀을 들은 이후 나는 추운 겨울에도 점퍼 하나만 걸치고 다니시는 목사님의 모습을 보면서도 옷을 못 사드리고 있다. 마음이 아프다. 그래도 목사님의 당부 말씀이니 이러지도 저러지도 못하고 전전긍긍하고 있다.

부모의 마음
우리 교인들은 가끔씩 전북 정읍에 있는 사랑방교회로 목사님을 뵈러 간다. 몇 해 전부터 정월대보름 전에 목사님께서 전화를 주신다.

"이번 보름에 교우들과 함께 와서 같이 예배하자."

나는 목사님께는 '왜요?'라고 되묻지 않는다. 그렇게 말씀하시는 데에는 그분 나름대로의 뜻이 있겠거니, 생각하기 때문이다. 때가 되어 사랑방교회에 갔다. 예배를 마치고 식사시간이 되었다. 사랑방교회의 원장님께서 말씀하셨다.

"목사님께서 온누리교회 교우들에게 정월대보름에 먹는 음식을 만들어서 먹이고 싶다고 하셨어요. 온갖 산나물과 멧돼지 고기, 약밥, 손두부 등을 목사님께서 직접 만드셨어요. 많이 드세요."

정성과 사랑이 아니고서는 요리할 수 없는 대보름 음식들을 보니 눈물이 나려 했다. 우리가 목사님께 드리는 사랑보다 몇 배 더 깊게 우리를 사랑하시는 목사님의 깊은 마음에 감동하지 않을 수 없었다. 올해 정월대보름에도 귀한 음식을 융숭하게 대접받고 돌아왔다.

옥수수 철이 되면 유기농으로 손수 키운 수십 개의 옥수수를 직접 쪄서 목포까지 가져오신다. 손두부도 직접 만드셔서 그 무거운 것을 들고 오시는 모습을 볼 때마다 돌아가신 부모님 생각에 눈물이 앞을 가린다. 그 외에도 목사님과의 일화는 밤을 새도 부족할 정도로 무궁무진하다. 남은 얘기의 보따리는 목사님의 구순 잔치 때 풀고 싶다.

나의 바람은 오직 하나다. 목사님께서 건강하게 백수를 누리시는 것! 병들어 아파하는 분들이 많은 이 시대에 성자의 삶을 보여주시기를 간절히 바라기 때문이다.

나의 아버지

노인(no人) 곁에서 흘리는 눈물

조태경

지구여행학교 설립·운영자

'노인(no人)' 임락경은 나에겐 목사보다 아버지 같다. '목사님'보다는 '아버님'이라고 부르는 게 더 익숙하다. 당신에게 나는 성경 속에 나오는 '탕자 이야기'의 둘째아들이었다. 아버지는 둘째아들이 자신의 곁을 떠나 재산을 탕진하고 돌아왔어도 죽은 자식이 다시 살아서 돌아온 것처럼 기쁘게 마중해 주시며 성대한 잔치를 벌여주시기 때문이다.

그런 아버지이기 때문에 멀리서 생각만 해도 눈물이 날 때가 많다. '아낌없이 주는 나무'처럼 언제나 그 자리에서 한결같이 물심양면으로 사랑을 베풀어 주신다. 아마 나와 같은 아들딸들이 전국에, 아니 전 세계에 수백 명은 될 듯싶다. 뱃속으로 낳은 자식은 없지만, 임 목사님은 평생을 자식 돌보듯 미천하고 부족한 수많은 중생들을 살펴주시며 일생을 살아오셨기 때문이다. 어떻게 이렇게까지 표현할 수 있는지 몇 가지 사례를 들어 이야기하려고 한다.

이야기는 지금으로부터 26년 전으로 거슬러 올라가야 한다. 1999년 서울에서 나는 환경단체인 녹색연합에서 활동하면서 가끔 임락경 목사님을 뵐 수 있었다.

당시에는 생소했던 생태공동체운동과 '생명운동 공부모임'의 실무적인 일을 할 때도 뵈었지만, 귀농운동본부에서 임 목사님께서 하신 강연의 청중으로 참여하면서 자주 뵙게 되었다(나는 귀농운동본부 11기 수료생이다).

임 목사님께서 항상 귀에 닳도록 하시던 말씀이 있었는데, 그것은 심훈의 소설 『상록수』에 나오는 내용과 같았다.

젊은이들이여! 농촌으로 들어가라!
농촌이 살아야 나라가 산다!

당시 나는 내가 실천하고 있던, 도시공간 속에서 시민사회 환경운동의 방식이 나의 타고난 성향이나 기질과 맞지 않아서 회의감을 느끼고 있던 상황이었기에, 당신의 강의하는 말씀 한마디 한마디에 가슴이 불타오르곤 했다. 나는 그렇게 목사님으로부터 깊은 영감을 받았고, 그때부터 삶의 공간을 옮겨 귀농할 계획을 진지하게 세우기 시작했다.

그렇게 내 삶에 커다란 빛을 밝혀주신 덕분에 나는 결국 용기를 내었고, 2002년에 아무런 연고도 없는 전북 부안으로 귀농할 수 있었다. 그러나 농사를 목적으로 도시의 삶을 모두 정리하고 내려갔음에도, 이후 3년 내내 새만금간척사업 반대 활동과 '부안(위도)핵폐기장 반대 대책위원회' 활동을 치열하게 하였다.

그렇게 3년 동안 '농사'가 아닌 '농성'만 하면서 두 번의 구속과 석방으로 누범의 전과자가 되어 집행유예 5년형이 떨어지는 바람에, 한두 살 된 연년생 딸과 아들을 등에 업고 전북 완주군 고산면의 어느 산속으로 피신하듯 들어가 살게 되었다.

그곳에는 30명 가량이 거주할 수 있는, 한국아난다마르가 요가협회 소유의 건물들이 여러 채 있었다. 그렇게 찾아 들어간 깊은 산속 건물에서 기거하면서 유기농생태영성공동체를 꿈꾸며, 여덟 다랑이 1천600평 논과 200평 밭을 일구며 살아가기 시작했다. 하지만 평생 벼 한 번 베어 보지 않은 사람이 혼자서 그 많은 논밭을 일구며 처자식을 먹여 살린다는 건 어불성설이었다.

그래서 나는 생계 수단을 목적으로 국내 처음으로 농촌유학 사업인 '고산산촌유학센터'를 설립하여 운영하게 되었다. 거기에서 사람들을 모집하여 단식 캠프도 진행하기에 이르렀는데, 그때 임락경 목사님은 화천에서 그 먼 길을 마다하지 않고 오셔서 5일간 진행하는 단식 캠프의 원활한 진행을 위해, 20여 명의 참가자들을 대상으로 매일 건강 강좌를 해주시곤 하셨다.

단식 중 건강 강의는 매우 중요한 프로그램이었고, 아무런 대가도 없이 무상으로 몇 차례에 걸쳐 흔쾌히 애써 주셨던 것이다. 감사한 마음으로 강사비를 봉투에 넣어 드려도 어김없이 다시 후원금으로 즉석에서 돌려주셨다. 그렇게 몇 번을 되풀이하는 모습을 보면서 나는 '아버지의 참사랑이란 이런 것이구나' 하고 생각하였다. 지금 돌아보니 어린 손주들 분유 값이라도 보태라는 마음 씀씀이가 아니었을까 짐작된다.

그때 말씀하셨던 강의 내용은 잘 기억나지 않지만, 참가자들에게 나누어주셨던 새끼손가락 두 마디만한 명함은 기억난다. 그 명함에는 전화번호와 함께 '촌놈 임락경'이라고, 한글로 쓰여 있었다. 자세히 보니 그것은 이미 사용한 복사용지를 일일이 가위로 오려서 직접 제작한 것이었다.

스스로를 '촌놈'이라고 낮추는 것까지는 당신의 겸손을 재치 있게 표현하신 것이라고 생각했는데, 이면지를 활용해서 직접 명함까지 제작해 나누는 것을 보면서, 스스로 가난을 선택한 '청빈낙도淸貧樂道'의 삶이란 이런 것임을 깨닫게 되어 나는 큰 감명을 받았다.

많은 스승들이 그들 역시 인간인지라 내외불일치內外不一致한 삶으로부터 자유로울 수 없기 마련인데, 임락경 목사님은 생각과 말과 행동이 하나를 이루어 사시는 모습을 일상에서 보여주셨다. 목사님은 지금까지 단 한 번도 어디 가서 옷 한 벌 제대로 사서 입고 지내지 않았기 때문에, 가끔 찾아뵐 때마다 10년 전, 20년 전 옷들을 그대로 입고 마중을 나오시기도 한다.

평생 주워 입거나 후원받은 헌 옷들만 입고 사시는 분임을 알게 되었을 때, 나는 자연스럽게 목사님의 삶에 경의를 표하지 않을 수 없었다. 내가 그토록 찾아 헤매었던 이 시대의 성자를 내 삶의 스승으로 모시고 자주 곁에서 알현할 수 있었기에 행복한 시간들을 보낼 수 있었다.

결국, 나는 굶어죽기 딱 좋은 산골살이에서 목사님의 보살핌과 후원으로 도시 아이들을 위한 시골살이 밥상머리공동체인 '고산산촌유학센터'를 통해 다시 살아날 수 있었고, 사회적 기업으로 인증되는 과정에서 '지구여행학교'도 설립하여 겸할 수 있었다.

특히 '지구여행학교'는 나날이 성장하였고, 목사님의 제안에 따라, 2014년 3월 5일 정읍시 산내면 종성리 소재 옛 '종성분교'에서 학교 밖 청소년 열다섯 명, 초등학교 산촌유학생 다섯 명, 교사 열 명 정도의 식구들과 함께 '365일 비인가 대안학교'로 정식 출범하기에 이르렀다.

당시에는 사회적 기업의 형식을 빌어 진행하고 있던 각종 공익사업 영역들이 확대되면서 큰 학교 건물이 필요했는데, 목사님은 그런 나의 고민을 듣고 우리 공동체 식구들 30여 명 모두를 정읍 산내면으로 품어 주셨던 것이다. 그 학교는 1천여 평 부지에 2층 건물, 열 개의 교실을 새로 고쳐 숙박시설까지 갖추었는데, 나는 단 한 푼도 보태지 않고 무상 대여를 받았다. 공익적인 활동에는 비용을 받지 않겠다며 어마어마한 부지와 학교 건물을 평생 동안 쓸 수 있도록 흔쾌히 지원해 주셨던 것이다.

그러면서 임락경 목사님께서 누차 말씀하신 단 하나의 부탁이 있었는데, 그것은 '100인의 스승을 찾아 진리를 탐구하는 학교'를 설립하는 것이었다. 이곳 학교에 입학하는 학생들의 3년 교육 내용 커리큘럼curriculum에 "100인의 참스승을 찾아 진정한 배움이 일어날 수 있도록 반영하자"는 것이었다. 우리나라 방방곡곡 그리고 세계의 스승들과 도제식 수업을 통해 '수처작주 입처개진隨處作主 立處皆眞'의 참뜻을 깨달아 살아갈 수 있는 인재로 성장시켜야 한다는 주문이었다.

"어디에서 무엇을 하든, 주눅들지 말고 당당하게 주체적인 삶을 살아갈 수 있도록 도와라."라는 당부를 여러 차례 하셨다. 어디에 있든 머무는 그 자리가 진리의 자리임을 알아차리고, 주인된 삶을 살아갈 수 있는 인재 양성에 힘을 쏟으라고 강조하셨다.

그러니까 그게 2014년, 임락경 목사님이 칠순 될 때의 일이었다. 그때 한 가지 변화가 있었는데, 바로 명함의 변화였다. 지구여행학교 학부모들에게 건네주던 명함이, 내가 알던 그 '촌놈 임락경' 명함이 아니었다. 새끼손가락 두 마디 크기는 변함없었지만, 'no人 임락경' 명함으로 변경되어 있었다. 알파벳도 소문자로 새겨넣어 자신을 더 낮추면서 '인간이 아닌 임락경'으로 '셀프' 변경을 시도했던 것이다. 초연의 경지에 이른 선승이 달관의 삶을 계속 이어가겠다는, 해학적 표현이었으리라.

왜 그렇게 하셨냐고 물어볼 때마다 "난 이제 사람이 아니야!", "나란 게 없어!", "살만큼 살았는데 물러나 있어야지."라는 답변만 짧게 되풀이하시곤 했다.

가끔 농담 반 진담 반으로 허심탄회하게 대화를 나눌 때에도 우리의 이야기는 명쾌한 선문답처럼 이어졌다.

"목사님! 도대체 목사님은 어디 소속입니까? 장로회인가요? 감리회인가요?"

"예수팔아장사회지."

"하하하…. 아니, 그러면 사이비 아닌가요?"

"사이비지. 기성 교회가 타락하면 이단도 생기는 법이야."

"하하하… 그러면 교회 이름은 뭐예요?"

"망할교회지."

"하하하…. 혹시 위장 전입 아닙니까?"

"위장 목사지."

"하하하, 너무 위험한 발언 아닌가요?"

"믿기만 하면 구원받는다고? 교회를 잘 다니면서 제대로 믿는 것도 좋겠지만, 사랑의 실천이 없으면 아무것도 아니야. 행함이 없는 믿음은 진정한 믿음이 아니지. 보잘 것 없는 자에게 하는 것이 하나님에게 하는 것과 같다는 것이야. 이제는 이단이냐 아니냐를 따질 때가 아닌 거지. 시대 상황에 따라 참된 신앙인이 행해야 할 덕목들은 변화되거든."

목사님의 쉽고 가볍게 던지는 한 말씀 한 말씀 속에 담긴 뜻을 살필 때마다, 심금을 울리는 깨달음의 빛이 비치는 건 나만의 경험일까? 아마 목사님을 알고 있는 많은 분들이 그런 경험을 하셨을 것이다. 멀리서 스승을 생각하면 그리움의 눈물이 나는 건 그 때문이 아닐까? 임락경 목사님은 평생 뒷바라지를 하며 늙어 가신, 이 시대 아버지의 표상이 아닐 수 없다.

아버님, 사랑합니다. 우리도 아버님처럼 세상의 빛과 소금이 되어 살겠습니다.

나
의
선
생
님

임락경을 만난 것은
가장 큰 기쁨이고 축복입니다

박승규
해남 신기교회 담임목사

'촌돌' 임락경 목사님을 처음 만난 것은 1988년 2월 기독교
농촌개발원에서 열린 신학생 교육 때였다. 한신대와 한일장신
대 등지에서 30~40명 정도가 모였는데, 거기에 허름한 옷을 입
고 풍물을 멋들어지게 치고 분위기를 즐겁게 만드는 역할을 하
는 강사님으로 임락경 목사님이 계셨다. 호감을 갖는 정도였던
임 목사님과의 만남이 오늘날처럼 특별한 사이가 될 것이라고
는 그때는 미처 생각하지도 못했다.

임 목사님을 다시 만난 것은 1년이 더 지난 1989년 어느
날, 기독교농촌개발원에 간사로 간 나○환 선배님을 만나러 갔

을 때였다. 임 목사님을 만나러 간 것이 아니라 간사로 새로 부임한 선배를 만나기 위해 찾아간 것인데, 선배와는 이야기도 나누지 못했다.

다음날 임 목사님께서 개발원 강사들을 비롯해서 친밀한 관계를 가지고 있는 분들을 찾아다니며 선배 간사를 그분들에게 소개하려고 떠나는 여정에 나도 함께 동행하게 되었다. 3인승 트럭에 세 명이 타고 이곳저곳 개발원과 관계된 여러 훌륭하신 분들을 만나고 재미있는 이야기와 노래를 부르면서, 엉겁결에 강원도 화천에 있는 시골교회까지 가게 되었다.

낯선 그곳에서 하루를 지내면서 그동안 모르고 있었던 임락경 목사님의 모습을 보았고, 시골집 식구들을 만날 수 있었다. 특별히 인상적이었던 것은, 함께 식사를 하는데 뇌성마비 장애인이었던 장 아무개 씨가 엎드려서 힘겹게 식사를 하던 모습이었다. 그때까지 장애인에 대해서 무관심해 왔고, 신학교 때는 장애인복지를 하고 싶다는 후배에게 장애인에 대한 부정적인 생각을 말하기도 했었는데, 장 씨의 해맑은 얼굴과 자신의 삶을 비관하지 않고 아름답게 시를 쓰는 모습을 보고 깊은 감명을 받게 되었다.

다음날 시골집을 떠나기 위해 인사를 하는데, 목사님이 "또 와!" 하시는 거였다. 또 오라는 목사님의 말씀이 집에 돌아온 후에도 계속 귀에 맴돌았다. 그 해는 대학을 졸업하고 군대를 가기 위해서 준비하고 있던 기간이었는데, 목사님의 "또 와!"라는 목소리에 이끌려 다시 화천 시골교회에 혼자 찾아가게 되었다. 입영 영장을 기다리는 기간이 길어지자 10일이 지나고 한 달도 지나면서 시골집에서 목사님의 삶을 엿볼 수 있었다. 함께 살아가는 사람들의 행복한 모습도 보았고, 삶의 푯대가 되는 귀한 말씀도 들을 수 있었다.

그곳에서 지내는 동안 자연식을 하면서 배가 아프면 목사님께서 체를 내려주셨다. 그리고 담배를 피우면 피웠지 식용유, 라면, 과자, 배합사료 먹인 고기, 통닭 등은 '줄이지 말고 끊어야 한다'고 강조하셨다. 나중에 결혼하고 신혼 때 목사님이 우리 신기교회에 오셨는데, 아내가 무릎이 아프다고 하자 식용유, 라면, 통닭을 끊으라고 해서 실천했더니 신기하게도 무릎이 좋아진 체험도 하게 되었다.

또 시골집은 매일 둘러앉아 성경공부를 하는데, '무위자연'을 가르친 '장자'도 공부했던 기억이 난다. 한 가지 또 생각나는 것은, '선한 사마리아 사람'의 이야기를 하면서, '지금 강도 만난 사람의 진정한 이웃이 누구냐'는 질문과 관련하여 목사님께서는 우리 기독교장로회(이하 기장)에 대해서 평가를 하셨다.

기장은 제사장도 레위인도 사마리아인도 아니라 '강도 잡으러 다니는 사람', 이를테면 강도가 또 강도짓을 할지 모르기 때문에 강도를 잡아서 사회 정의를 세워 강도가 없는 세상이 되어야 한다고 주장하면서 강도 만난 사람은 놔두고, 어디에 있는지도 모르는 강도들을 잡기 위해 뛰어다니는 사람과 같다고 하셨다. 그날은 그냥 웃었지만 우리의 모습을 신랄하게 꼬집는 목사님의 말씀에 동의하지 않을 수 없었고, 이후 내 삶의 방향성을 세우는 귀한 교훈이 되었다.

지금 당장 쓰러져서 고통받고 있는 사람을 내버려두고, 또 어디 가서 똑같은 강도짓을 할지 모르니 강도를 잡아내는 것도 잘못된 일은 아닐 것이다. 하지만 지금 시급한 것, 지금 필요한 것은 강도 만나 쓰러져 있는 그들에게 달려가 싸매고 돌보는 일, 그 일이 무엇보다도 중요한 일이지 않냐는 말씀에 동의하지 않을 수가 없었던 것이다.

지금 쓰러져 신음하고 있는, 내 눈앞에 있는 강도 만난 자들을 우리가 외면한 채 사회 정의를 이야기하고 새로운 세상에 대한 꿈을 이야기한다는 것이 얼마나 부질없고 공허한 것인가 하는 생각을 하게 되었다. 그 이후 목회 현장에 들어가게 되었고, 그 말씀은 목사님께서 삶으로 보여준 언행일치의 삶과 더불어 우리가 '어떤 것에 우선을 두어야 하느냐' 하는 문제를 다루는데 있어서 가장 중요한 기준이 되었다.

지금 당장 내 도움이 필요한 사람에게 손을 내밀고 돌볼 수 있는 목회자, 커다란 것은 아닐지라도 내가 할 수 있는 만큼 그를 돌보고 사랑을 줄 수 있다면 그것만큼 중요한 것이 어디 있겠는가 생각하면서, 강도 만난 자가 많은 농촌에서 노인과 아이들을 돌보며 30년째 농촌목회를 하고 있다.

목사님과 함께 인도, 필리핀 등 외국에도 함께 나가곤 했는데, 몇 년 전부터는 당신이 함께 가는 것이 민폐가 될 것인지 먼저 확인해 보라고 하셨다. 누가 언제 눈치를 주었나 싶었는데, 연세가 드시니 스스로 조심하는 것이 아닌가 한다. 목사님은 외국에 나가실 때 아주 작은 가방만을 들고 가시는데, 거기에 해독제로 쓰실 분말 된장과 녹두가루 등을 꼭 챙겨 가셔서 위급한 상황에 대처하신다.

나는 목사님과 함께 있을 때 행복해지고 안개가 걷히는 경험을 한다. 길이 보이지 않아 답답할 때 전화하면 언제나 대답을 주시는 목사님이 오랫동안 우리 곁에서 그가 품은 영성, 그가 지닌 시대를 꿰뚫는 사상, 또 건강에 관한 것과 어떻게 살아가는 것이 가장 소중하고 아름다운 삶인가를 계속해서 가르쳐 주시기를 소망한다.

나는 '임락경 목사님의 삶을 100분의 1이라도 닮아 보자', 목사님의 수많은 제자들 중에 '10대 제자는 되어야겠다' 하는 마음으로 살고 있는데, 아직도 먼 것 같다. 하지만 감사하게도 지금은 내가 목사님을 존경하고 따르는 제자들의 모임인 '촌돌'의 3대 회장이 되었으니 가문의 영광이요, 회장으로서 임락경 목사님의 팔순을 준비하게 되어 더 뜻깊고 감사하다.

2005년 회갑 때는 화천 시골교회에 500여 명이 참석하는 잔치가 열렸고, 10년 전 목사님의 칠순 때는 전국 방방곡곡 10여 곳에서 잔치가 열렸는데, 그중에 해남 설아다원에서도 열렸다. 그때 서로 인사하는 시간을 통해 참석자들이 '목사님이 자신에게 얼마나 특별한 존재인지' 자랑하기에 바쁜 모습을 보면서, 수많은 사람들이 목사님을 알고 지내며 얼마나 존경하는지를 깨닫게 되었다. 이후에도 매년 9월 둘째 주에 정읍 '사랑방'에서 생신잔치가 열리는데, 시간이 길어져도 자신을 소개하는 시간은 꼭 하게 되었다. 목사님을 개인적으로는 알고 있지만, 수평적으로 서로 모르는 사람들을 알게 해주고 싶어하시는 것이다.

이번 팔순잔치도 강원도 화천 시골교회와 정읍 사랑방에서 공식적으로 열리게 되지만, 그 외에도 목사님을 사랑하는 사람들의 작은 잔치들이 이어질 것이라 생각한다. 이번 팔순잔치를 통해 목사님을 더 깊이 알게 되고, 목사님의 삶을 본받아 묵묵히 아름다운 세상을 위해 살아가는 사람들이 방방곡곡에 얼마나 많은지 확인하고 힘을 얻는 시간이 되지 않을까 기대한다.

우리의 스승 '촌돌' 임락경 목사님의 팔순을 다시 한 번 축하드리며, 오래도록 우리 곁에서 갈 길을 안내하시고 건강하고 아름다운 삶을 살아가시기를 소망한다.

임락경, 길을 가다 길이 되다

유장춘
전 한동대 교수

사람이 길이다.

우리집 뒷길로 빠져나가면 1분이 못 되어 울창한 숲으로 들어선다. 그 숲 사이로 좁게 드러난 오솔길은 언제나 호젓하고 상쾌하다. 누군가 지나간 발자국에 더해진 발자취가 길이 되었다. 오늘도 그 길을 걸으며 나는 임락경을 생각한다. 그가 간 길을 나도 갈 수 있다면… 기꺼이 나도 그 길을 가고 싶다고.

"내가 곧 길"이라고 선언하신 그리스도의 말씀은 '사람이 길'이라는 것이다. '사람이 길'이라는 것은 '삶이 곧 길'이라는 뜻이다. '사람'이란 말은 '삶'이란 말에서 나왔다고 하지 않던가. 백범

이 휘호로 즐겨 쓴 서산대사의 시에는 이런 시구가 있다.

눈 덮인 들판 걸어갈 때 모름지기 함부로 걷지 마라.
오늘 내가 남긴 발자국은 훗날 뒷사람의 길이 될 것이니.

삶의 길을 찾아갈 때는 뒤에 올 사람을 생각하면서 바르고 올곧게 살기 위하여 처절하도록 조심해야 할 것이다.

집 짓고, 밭 갈고, 벌치고, 된장 뜨고… 아주 평범한 보통의 삶이었지만, 임락경의 삶은 지극히 독특하고 남들이 가지 못하는 길이었다. 평범함을 가장한 비범함이 있고, 일상과 보통의 삶으로 포장된 탈존과 초월이 있다. 정말 멋진 트릭으로 살아온 그의 삶은 유머러스하고 경쾌하기만 하다. 은근히 과장하고 그럴 듯하게 포장하고, 교묘하게 자랑하고 싶은 것이 인간의 성정이다. 하지만 그는 스스로 낮아지고 은인자중隱忍自重함으로써 자신을 지켜냈다.

지금은 책의 제목도 잊어버렸지만 기독교 사회봉사와 관련된 책에서 처음으로 임락경을 만났다. 여러 사람의 체험기를 모은 책이었는데, 그중 하나가 임 목사의 시골교회 탐방기였다.

거의 30년이 지난 지금도 생각이 난다.

일주일을 그 교회에서 지냈는데, 끝내 누가 목사인지 알 수가 없었다는 것, 교회가 불이 났을 때 주민들이 돈을 모아 새로 지어주고 50만 원이 남았다는 것, 지적장애인들이 수십 명 모여서 사는데 돌아가면서 예배를 인도한다는 것, 그 장애인들과 함께 농사를 지으며 사는 이야기 등. 나의 가슴에 깊은 감동의 자국을 남겼다.

다시 임락경을 만난 것은 인터넷 신문 〈뉴스엔조이〉에 연재한 '시골집 이야기'를 통해서였다. 통쾌했다. 교회를 생각할 때마다 울화가 뻗치곤 했는데, 그 허물을 아주 경쾌한 유머로, 그러나 예리한 성찰과 진지한 실천으로 지적해 주곤 하였다.

거기에는 상대를 향한 아무런 공격이나 비난이 없었다. 그러나 나에겐 강한 찔림으로 다가왔다. 기분이 나쁘지는 않았다. 오히려 재미있었고 존경스러운 마음이 저절로 솟아났다. 신기한 일이었다.

목사라는 칭호를 가졌지만, 농사가 주업인 그는 아주 쾌활한 이야기꾼이며 명철하고 사려 깊은 사회복지사였다. 신학적 기반이 없어도 '몸으로 드리는 영적 예배'가 그곳에 있었고, 전문적 이론이 없어도 개별적이면서 통합적인 첨단 복지서비스가 진행되고 있었다.

나는 고등학교 시절, 신앙의 열정이 끓어올라 나의 인생을 하나님께 바치겠다고 결심했다. 그때 나에게는 하나님께 바쳐진 인생이라면 오직 목회자가 되는 것을 의미했기 때문에 신학대학으로 진학했다.

대학 4학년 때 〈기독교 사회사업〉이라는 필수과목이 있었다. 지금 생각하면 '사회사업개론' 정도 되는 과목이었다. 한참 민주화 투쟁이 일어나고 대학가가 어수선하여 수업보다 휴교 기간이 더 길었던 시절, 거의 독학으로 공부할 수밖에 없었는데, 그 부실한 수업은 내게 큰 영향을 주었고, 대학원에서 사회사업을 전공하게 하였다.

신학과 사회사업을 전공한 사람이 워낙 드물었던 시절이어서 나는 시간강사도 거치지 않고 모교의 전임교수로 임용되었다. 사회복지학 교수가 되어 현장을 들여다보니 진정성의 문제에 직면하게 되었다. 사회복지가 누구를 위한 것인지, 그 실천의 진정한 의미는 무엇인지, 그리고 그 결과가 정말로 약자를 돕는 것인지에 대한 의문이 생겼다.

이 과정에서 영성의 중요성을 깨닫고, 영성을 기반으로 한 사회복지가 어떤 모습일지 깊이 성찰하게 되었다. 존경받는 영성가들의 삶에는 언제나 아름다운 사회복지가 실천되었지만, 영성이 결여된 사람은 아무리 사회복지 전문성이 뛰어나더라도 그 활동이 기계적이고 상업적으로 변질되었다.

가장 중요한 발견은 영성가들의 삶의 언저리에는 언제나 모듬살이가 일어난다는 사실이었다. 사막으로 가면 사막에서, 마을로 들어가면 마을에서. 그들이 있는 그곳에서 선한 영향력이 나타났고, 거기에 가난하고 연약한 사람들이 모여들었고, 그들은 삶의 의미를 되찾고 행복하게 살아갈 수 있었다. 나는 책으로만 알아가던 그 삶의 현장을 목격하고 싶었다.

2009년 여름이었던 것으로 기억한다.

내 기억은 별로 신뢰할 만하지 못하지만, 그 여름방학은 매우 특별한 시간이었다. 홍에스겔성민이라는 긴 이름을 가진 나의 조교 학생과 함께 학교에서 약간의 보조금을 받아 열흘 동안 전국의 공동체 열여섯 군데를 방문하는 계획을 세우게 되었다.

12인승 승합차를 타고 전국을 도는 여정이었는데, 합천의 오두막공동체, 밀양의 아름다운공동체, 보은 예수마을, 산청 민들레, 다일공동체, 예수원, 가나안농군학교 등을 포함하였다. 그 여행은 일종의 충격이었다. 화려하지도 않았고 거창하지도 않았던 그들의 삶에는 진실함과 깊은 성찰이 담겨 있었다. 그중에 한 곳이 화천의 시골교회였다.

드디어 임 목사를 직접 대면할 때가 왔다.

시골교회의 방문은 짧았지만 깊은 인상을 받았다. 지면으로 만나던 임 목사는 참으로 지혜와 인격적인 면에서 '곰삭은 분'이라는 느낌을 받았다. 학생들의 질문들에 거침없이 응답하고 자신이 믿는 바를 삶으로 소화시킨 수많은 사건들을 이야기로 쏟아내었다. 참으로 재미있고 즐거운 시간이었다.

한옥으로 지어진 집에 넓은 방, 길고 멋진 원목 탁자, 된장, 간장 공장도 있었다. 그는 자신이 목사이면서 목사처럼 말하지 않는다. 성경을 인용해도 "어떤 책에 그렇게 쓰여 있더라구." 하면서 너스레를 떨었다.

공동체 안에서 노자를 공부하다가 공격을 당한 적이 있어서 그런지, 그의 초종교적 믿음에 대한 설명은 언제나 최흥종 목사님의 말씀을 인용하는 것으로 대신한다. "최 목사님이 그러셨는데 노자, 공자, 맹자도 천국에 갔다고 그러시더라."라는 것이다.

영성에 대한 질문을 받으면 언제나 사건과 삶으로 대답을 하였다. 그에겐 '영성'이라는 말이 영 불편한가 보다.

탐방에서 맺은 인연으로 해서 나는 매년, 매 학기 임 목사를 한동대에 초청하여 학생들 앞에서 강연할 기회를 마련했다. 채플의 설교자로, 특별한 행사의 강연자로, 수업의 특강 강사로 초청할 때마다, 여전히 헌 옷 점퍼를 입고 허름한 차림이었지만, 그는 먼 길을 마다하지 않고 성실히 찾아와 주었다.

어느 날, 임 목사를 학교 게스트 룸에 머물게 한 후, 다음날 아침 교수예배에 참석하도록 초청했다. 나는 임 목사를 김영길 총장에게 소개하며, 그날 방문하신 손님으로 소개해 달라고 부탁했다. 김 총장은 반갑게 인사하며 명함을 하나 달라고 요청했다. 건네받은 명함을 들고 강단에 나선 김 총장은 크게 당황하여 한참 동안 말을 더듬었다.

명함에 적힌 내용은 '촌놈, no人 임락경'이었다. 그 명함은 복사용지에 프린트하여 일반 명함의 절반 크기로 잘라낸, 매우 희귀한 것이었다. 나도 하나 받아 오랫동안 간직했으나, 결국 분실하고 말았다.

우리 학교에서 가장 큰 규모의 강의는 내가 10여 년 동안 맡아 운영했던 〈한동인성교육〉이었다. 이 과목은 교양필수로 1학년의 절반이 1학기에 들어야 하고, 나머지 절반이 2학기에 들어야 했다. 이 강의에 임 목사는 거의 고정된 초청 강사였다. 늘 같은 주제로 강연했으나 내용은 그때마다 바뀌곤 했다.

사람이 훌륭하다는 것은 어떤 의미인지, 우리 시대의 젊은 이가 가져야 할 가치관의 문제, 삶의 우선순위, 환경과 건강의 문제, 성인들의 삶에 관한 이야기들이 그를 통하여 쏟아져 나왔다. 그 시간에 학생들은 아주 집중하여 들었다.

기억나는 것 중에 한 가지는, 5만원 지폐의 인물사진이 신사임당으로 결정된 것은 잘못된 결정이라는 설명이었다. 신사임당은 가족을 위해서 살다간 사람이었는데, 유관순은 나라와 민족을 위해서 산 사람이었다. 가족을 위해서 잘 살아낸 사람은 좋은 사람이긴 하지만 훌륭하다고까지 말할 수는 없다는 것이다. 훌륭하려면 적어도 가족보다 큰 범위의 사람들을 위해 일해야 한다고 임 목사는 주장하였다.

그런 관점에서 보자면, 조선시대에 훌륭한 사람은 신분 차별을 극복하기 위해 일한 사람들이고, 일본강점기에 훌륭한 사람은 나라를 독립시키려고 헌신한 사람들이다. 독재시대에 훌류한 사람은 민주화를 위해 일한 사람들, 또 민주화 이후에 훌륭한 사람은 복지와 생태 환경을 위해 봉사하는 사람들이라고 그는 설명하였다. 각 시대의 가장 고통스러운 문제를 해결하기 위해 헌신한 사람들이었다.

그런 시각으로 볼 때, 홍경래나 허균, 전봉준, 동학사상가들의 생각과 삶이 중요하게 다가왔다. 특별히 깊은 인상을 받은 것은 그가 종교적 언어를 거의 사용하지 않는다는 점이었다. 기독교적인 교리나 영성과 같은 개념들은 그의 강연에서 찾아보기 어렵다. '공동체'라는 말도 등장하지 않는다. 그러나 그의 강연은 언제나 예수의 정신으로 가득 찼고, 진정한 영성과 공동체 삶의 모범을 보여주었다.

임 목사는 학생들에게 이런 신념을 좇아 살아온 자신의 삶에 관해서도 이야기해 주었다. 한국전쟁 직후는 전쟁 중에 부모를 잃은 고아와 결핵환자들을 돌보던 시절이 있었고, 독재정권을 대항하는 민주화운동 과정에서는 농민들을 조직하고 의식화하는 운동을 전개했었다. 민주화 이후에는 정신지체 장애우들과 함께 생활하며 사회복지운동에 헌신했고, 사회복지가 어느 정도 진행된 2000년대 이후에는 건강과 대안의료 활동에 주력

했다.

그 모든 과정에 일관되게 일한 것은 생태적 농사짓기였다. 한결같이 농사꾼으로 살아왔지만, 신기하게도 그 시대의 가장 중요한 현안에 관여하여 중요한 역할을 담당해 왔던 것이다. 위험을 자청하여 겪은 어렵고 힘든 삶이었다.

강연의 맨 마지막에 닫는 말로 자주 해준 이야기는 곰 이야기였다.

나무꾼이 산속에서 곰이랑 맞닥뜨렸는데 얼른 나무 뒤로 피했다. 곰이 몇 바퀴 돌다가 나무를 가운데 두고 두 팔을 뻗어 그를 잡으려고 했다. 나무꾼은 얼른 그 곰의 앞발을 한 손에 하나씩 붙들어서 위기를 모면했다. 손을 놓으면 또다시 죽을 위기에 처하게 되었는데 어떤 청년이 지나가더란다. 그래서 "여보게, 이 곰을 때려 잡아주게" 했다. 그 청년은 어쩔 줄 모르고 쩔쩔매는 것이었다. 나무꾼은 "그럼 이놈의 팔을 좀 잡아주게. 내가 해보겠네."라고 말했고, 청년이 대신 그 앞발을 붙들게 되었다. 겨우 빠져나온 나무꾼은 룰루랄라 휘파람을 불면서 내려갔다는 이야기였다.

이 유머러스한 이야기 속에는 이제 자신이 할 역할은 끝났으니, 그 위험하고 고난이 많았던 삶을 다음 세대에게 넘길 때가 되었다는 심각하고 진지한 메시지가 담겨 있었다.

이렇게 삶이 담긴 그의 이야기들은 학생들에게 가슴 뭉클한 통찰과 시대의식을 심어주었다. 나도 그때마다 학생 중 한 사람이 되어 진지하게 배우고 받아들였다. 임 목사의 강연이 늘 재미있고 은혜로웠지만, 더 좋았던 것은 그와 강연 전후에 함께 나눈 식사 자리와 사적인 교제였다.

옹색하지만 내 집에 와서 주무신 적도 몇 번 있다. 그때마다 끝없이 쏟아져 나오는 이야기들을 맘껏 들을 수 있었고, 공공연히 말할 수 없었던 나의 개인적인 어리석은 질문과 그의 현명한 대답은 언제나 즐거운 대화를 이루었다. 우리 시대에 존경받는 정신적 사표들을 거의 모두 꿰고 있는 그의 생애 네트워크에는 정말 재미있는 에피소드가 풍부했다.

초등학교 4학년에 농사꾼이 되어야겠다고 결심한 이야기, 그의 유일한 학벌인 초등학교를 졸업하고 이현필 선생에 관한 소문을 따라 동광원에 들어갔다가 최흥종 목사와 함께 지내게 되었던 이야기, 다석 유영모 선생을 만나고 배우던 시절의 이야기, 여성숙 선생을 만나고 교제한 이야기, 강원용 목사를 돕

77
나의 선생님

고 한명숙 등과 함께 사회 운동을 하던 이야기, 원경선 선생과 함께 정농회를 세우고 친환경 생태농업을 펼쳐 나갔던 이야기, 이현주 목사와 함께 여행하며 강연하던 이야기 등등, 전설로만 듣던 영성가들의 정신과 사생활을 배우는 것은 내게 큰 축복이었다.

정말 그는 가방끈이 아주 짧았지만, 우리나라 최고의 영성가들에게 직접 배운 최고의 학벌을 갖고 있었다. 바울이 가말리엘 문하에서 배운 것을 자랑했던 것을 생각하면, 임 목사는 우리나라 최고의 학벌을 얻었다고 자랑할 만하다고 본다.

지금 살아계신 인물 중에 가장 존경하는 분이 누구냐고 물었을 때, 임 목사는 여성숙 선생이라고 말해 주었다. "욕심 없이 살면 한 번 살아볼 만한 것이 인생이다"라는 그분의 명언을 들려주었다. 일생에 새겨둘 만한 말씀이라고 생각했다.

임 목사가 들려준 이야기 중에 가장 인상 깊은 내용은 동광원 이야기였다. 이현필 선생의 제자들은 고아들을 돌보면서 자기 친자식들을 고아들과 섞여 살게 하였고, 똑같이 사랑해 주었다고 하였다. 자녀들도 자기 부모 근처에 가까이 가려 하지 않았기에 고아들이 누가 어른들의 친자녀인지 잘 몰랐다는 이야기는, 내가 알고 있던 여타의 보육원들의 실상과는 차원이 달랐다.

임 목사는 권위에 대해 비판적이고 비타협적인 기질을 지닌 나에게, 부조화된 관계 속에서 고민하는 나에게, 생각을 부드럽게 하고 자신의 신념을 지키면서도 평화를 잃지 않는 지혜를 깨닫게 하였다. 그는 자신이 가고자 하는 길을 변함없이 가면서도 이 세상 그 누구와도 싸우지 않고 적절하게 처신할 수 있는 용기와 지혜를 내게 보여주었다. "남의 집에 가면 그 집의 법도와 문화를 지켜줘야 한다"는 그의 조언도 마음에 새길 수 있었다.

임 목사는 참으로 탁월한 재담꾼이었다.

늘 그의 얼굴에는 농담거리와 웃음기가 떠나지 않았다. 사람들이 같이 사진 찍자고 모여들면, "어떤 농부가 벼락에 맞아 죽었는데 얼굴을 보니까 활짝 웃고 있었어. 천사가 왜 웃고 죽었느냐고 물어보니까 사진 찍는 줄 알았다는구면." 하고 좌중을 웃겼다.

그가 시골교회라는 이름을 짓기 전에 노회에 신청했던 이름은 '망할교회'였다고 한다. 장애인과 살아야 하는데 복지시설을 세울 수 없어 할 수 없이 교회를 세우긴 하였는데, 그는 진심으로 그 교회가 망하길 원했던 것이다. 장애인들이 하나둘씩 집이나 복지시설로 돌아가고 시골집의 식구가 줄어들자 그는 웃으면서 이렇게 말했다.

"망할교회가 망해 가고 있어."

복지가 이루어진 사회에는 사회복지기관이 필요 없고, 모두가 진리 안에서 사랑하고 살면 교회도 필요 없다. 복지시설도, 교회도, 병원도, 학교도 세상이 잘못 돌아가기 때문에 세워놓은 임시방편이 아닌가?

또 누가 시골교회의 소속 교단이 어디냐고 물으면 '대한예수팔아장사회'라고 말해 주곤 하였다. 교단과 교세를 앞세워 예수 팔아 사리사욕을 채우는 현실 교회의 종교인들을 그렇게 비꼬았다. 뿐만 아니라 자신의 호를 '돌파리'라고 짓고 이치를 돌파했다는 뜻이라고 해석해 주었다. 생각할수록 그에게 맞는 그럴듯한 별호라는 생각이 든다.

그는 목사지만 목사처럼 보이지 않는다. 그는 의사가 아니지만 진짜 의사 노릇을 한다. 사회복지 전문가는 아니지만 내가 보기엔 가장 이상적인 사회복지사의 삶을 살았고, 선생은 아니지만, 진정으로 존경받는 선생님이다. 그는 학자가 아니지만 좋은 책을 10여 권이나 쓴 선비이고 소문난 일타강사다. 심지어 그는 기독교인이지만 기독교의 종교적 틀에 전혀 얽매이지 않는다. 종교를 초월하여 오직 예수를 따른다.

설교단에 서서 말을 해도 언제나 옛날이야기를 듣는 것처럼 들리고, 대표로 기도해도 대화를 나누는 것처럼 들린다. 그는 사람들이 무식하다고 말하기 전에 먼저 초등학교 졸업 학벌을 떠들고, 사람들이 가짜라고 말하기 전에 먼저 자기가 돌팔이라고 선언해 버린다. 하지만 어쩔 것인가? 학자보다 더 학자고, 진짜보다 더 진짜인 걸.

그가 지은 책 중에 『우리 영성가 이야기』는 내가 애독하는 책들 중에 하나다. 성경에 나오는 영적 인물들은 시간적으로나 거리상으로 너무 먼 느낌이 든다. 고조선 시대에 지구 반대편에 살았던 그들이 영적으로 살아갔다고 해서 나도 따라 살기에는 선뜻 용기가 나지 않는다.

또 대부분의 강단 설교가들이 인용하는 영적 사례들은 서방 교회의 인물들이다. 어거스틴이 어쩌고, 아퀴나스가 어쩌고, 루터와 칼뱅, 웨슬리를 거들먹거리면서 말이다. 그들에 관하여 말하기는 하지만 자신들도 그들을 따르지는 못한다. 남의 땅, 다른 시대의 신앙인들은 우리의 본보기가 되기 어렵다. 삶의 둘레가 전혀 다르기 때문이다.

임락경은 우리 시대에, 우리 땅을 살아갔던 '구름같이 둘러싼 허다한 증인'들을 재미있고 섬세하게 이야기로 풀어 우리에게 들려주었다. 이세종, 이현필, 유영모, 오정환, 배영진, 서서평, 서재선, 김광석, 현동완, 김금남, 유하례, 최흥종, 백춘성, 김현봉, 박석순, 강원용, 여성숙. 이들은 교회사에 거의 등장하지 않지만, 나는 이들이 한국 기독교의 중심인물들이라고 생각한다.

그가 말한 '우리'의 영적 어르신들은 나의 삶에 살갑게 다가와 벅찬 현실로 만나주고 계신다. 그 신앙의 살아 있는 모범들은 나에게 큰 영감을 주었고, 나는 내 〈영성사회복지〉 수업을 듣는 학생들에게 독서 과제로 그의 책을 제시하곤 했다. 그들의 독후감을 읽을 땐 언제나 짜릿한 기쁨이 동반되곤 했다.

그는 일반적인 상식과 사회적으로 뿌리내린 통념에 대하여 전혀 다른 발상을 하고 있었다. 장애인들과 함께 살면서 한 번도 후원해 달라고 손을 벌리지 않았다는 이야기는 감동이었다. 그는 쌀이 떨어지고 돈이 없어도 궁색한 내색을 보이지 않았다고 한다. 시골집에 자주 와서 봉사하던 권사를 쌀가게에서 만났는데, 몇 번이나 뭐 도와드릴 것 없냐고 물어왔지만 끝내 도움을 청하지 않고 외상 쌀을 사다 먹었다는 이야기는 잊히지 않는다. 끝까지 자립경제로 살아가야 한다는 신념을 지킨 것이다.

복지사업을 하니 정부나 기업에서 돈을 받아내야 한다는 상식을 깨버렸다. 아이들이 부르는 동요 중에 가사에 맞지 않는 부분들을 그가 지적하자, 어린이 음악 교과서에서 하나둘씩 빠져나갔다는 이야기를 들었을 때 적잖이 놀랐다. 푸른 하늘 은하수, 나의 살던 고향은, 산 위에서 부는 바람 등, 그 좋은 노래들이 가진 허점들을 알게 되어 아쉬움도 컸다.

부자처럼 먹으면 병들고, 흥부네 가족이 먹던 음식이 건강에 좋다는 말에는 그런대로 공감되었지만, 예수님은 농사꾼이 아니라 목수였기 때문에 농사에 관한 비유에는 적절치 못한 부분이 있다는 이야기를 들을 때, 나는 내심 아연실색했다. 그의 자유로운 사색과 예리한 통찰의 결과였다.

2010년 교수 연구년을 맞아 나는 포항 근처 신광면 반곡리라는 동네로 집을 빌려 들어갔다. 한참 공동체에 대한 열망이 끓어올라 남들은 미국이나 유럽의 유수한 대학으로 안식년을 떠나는데, 나는 무작정 시골로 들어간 것이다. 한적한 곳에 빚을 내어 땅을 사서 비닐하우스를 짓고 병아리들을 들여왔다.

그 한심한 자리에 임 목사님이 오셨다. 그는 괭이를 들고 마당의 풀들을 긁어내며 농사의 중요성과 노동의 가치, 수맥을 잡는 것과 지대를 정하는 풍수지리, 시골 생활의 경험들을 이야기해 주었다. 양계하는 것에는 공감해 주지 않았는데, 나는 아직도 양계를 포기하지 못하고 있다.

앞으로 집을 지을 때는 화천의 시골집처럼 전통 방식으로 집을 지으라고 권하셨다. 하지만 그것도 따르지 못했다. 나는 그러고 싶었지만, 다른 식구들과 의논하는 과정에서 동의를 얻을 수 없었다. 많이 후회되는 일이다.

그 이후에도 임 목사와의 관계는 지속되어 이세종 선생 기념사업에 참여하기도 하였고, 공동체로 초청하여 건강강좌 강의를 듣기도 하였다. 포항 근처에 왔다가 우리 공동체에 들러서 함께 예배하며 공동체 가족에게 말씀을 들려주기도 하였다. 그때마다 영감이 담겨 있는 한국의 현대사와 살아가는 이야기를 마음껏 들을 수 있었다.

언젠가는 광주의 한 지인의 집에서 하룻밤을 같이 지내기도

했는데, 어쩌면 그렇게 가족과 같이 친밀하고 즐겁게 어울릴 수 있었는지 평생 잊히지 않는 시간이었다. 그때 즐겁게 웃으며 찍은 사진이 내 페이스북에 올라와 있다.

나는 그의 안내를 따라 이세종 선생 기념사업 모임에 여러 차례 참석했는데, 모일 때마다 마음이 숙연하였고, 모이는 사람들이 가진 영적 진지함으로 인하여 존경심과 충성심이 우러나곤 하였다.

성함은 잊었지만, 전설과 같은 수레기 어머니의 막내아들 이원희 장로와 사진도 찍었다. 부족하나마 「이세종 선생의 영성과 삶이 제시하는 사회복지실천의 정신」이라는 논문을 써서 발표하기도 하였다. 나중에 들으니 귀일원 직원들이 모임에서 함께 읽었다는 소식도 듣고 감사했다.

그런 인연으로 채현국 옹, 한영우 장로, 김금남 동광원 원장, 오세휘 귀일원 이사장, 심중식 교수, 서순복 교수, 이동휘 목사, 김상철 감독 등등 한국의 정신문화에 보석 같은 인물들을 만날 수 있었다.

임 목사를 통하여 생겨난 새로운 인적 네트워크는 거기서 멈추지 않고 한겨레신문의 조현 기자와 이현주 목사도 연결시켜 주었다. 나는 그들을 한동대에 초청하고 한동의 학생들과 만날 기회를 만들 수 있었다. 온누리교회의 신앙적 맥락과는 또 다른 영적 맥락이 형성될 수 있기를 간절히 바라면서 말이다.

조현 기자는 자신이 취재한 호남 영성의 맥락을 일목요연하게 잘 강의해 주었다. 또 공동체 탐사 기획으로 제작된 『우리는 다르게 살기로 했다』라는 책의 북콘서트를 한동대 국제회의실에서 열었는데, 많은 학생들이 참여하고 좋은 영향을 받았다. 우리 샬롬공동체에도 방문하여 숙박하며 그때 작성한 기사를 한겨레신문에 싣기도 하였다.

조 기자는 우리 공동체 식구들과 함께 저녁을 먹은 후, 만류에도 불구하고 부엌에 들어가 그 많은 그릇을 혼자 설거지하여 사람들을 놀라게 했다. 임 목사는 그와의 인터뷰에서 설거지하는 사람이 훌륭하다고 했었다.

이현주 목사는 한동대학교를 방문하며 문 앞에 걸려 있는 표어 'Why not change the world'를 읽고는 학생들에게 "세상을 바꾸려고 하기 전에 먼저 세상의 중심에 있는 자기 자신을 바꿔야 한다"고 말했다. 그 특유의 아주 진지한 태도로. 내가 고칠 수 있는 것은 나 자신뿐이다. 다른 사람은 그 사람이 주인이지 내가 아니라는 것이다. 나 자신을 고치면 나를 보고 그 사람이 좋으면 스스로 고칠 것이라고 말해 주었다.

함께 밥을 먹는 자리에서 그는 나에게 아주 심각한 어조로 "저… 미안한데 내가 선물 하나 드려도 될까요?"라고 물었다. 나는 어리둥절하여 대답도 제대로 못했는데, 메고 온 헝겊 가방 안을 뒤적거리더니 곱게 접은 종이 한 장을 꺼내 주었다.

"나는 하나님의 손에 잡힌 몽당연필입니다"라는 테레사 수녀의 말을 친필 휘호로 적은 것이었다. 한가운데에는 귀여운 몽당연필 하나가 그려져 있었다. 나는 정말 미안하게도 그것을 사양하지 못했다. 그것을 정성껏 표구하여 우리 공동체의 중요한 자리에 걸어두고 있다.

임락경은 우리가 공동체로 살아야 할 이유를 "10만 원 갖고 혼자 살긴 어려워도 100만 원 갖고 10명이 사는 것은 가능하기 때문"이라고 설명한다. 그는 농사짓고 노동하는 것이 인간의 삶에 있어서 필수적인 것이라고 생각한다. 땀을 흘리지 않고 사는 인간을 불한당이라고 하는데, 누구를 불한당이라고 하면 그건 욕이다. 인간으로서 하자가 있다는 것이다.

그러나 공동체로 살아가는 것에 대해서는 인간의 삶에 그렇게 필연적인 것으로 보지 않았다. 그런 생각은 그에게 가장 큰 영향을 준 두 스승, 이현필과 유영모의 차이로부터 비롯된 것 같다.

이현필은 제자들을 모아 공동체로 함께 살기를 원했지만, 다석은 제자들이 홀로 서서 단독자로 살기를 권하셨다. 그래서 나는, 단독자로 살만큼 신앙과 인격이 성숙하기까지는 반드시 공동체로 살아야 한다고 생각하게 되었다. 그런데 단독자로 살아갈 정도가 된다는 것은 다석이나 간디 정도 되어야 하므로, 우리 같은 보통 사람은 공동체를 벗어나지 말아야 한다고 믿는다.

내가 일반 교회를 다녔을 때는 내 신앙이 그런대로 괜찮은 수준이라고 생각했다. 그런데 공동체를 살아보니까 나의 수준이 정말 형편없다는 것을 깨닫게 되었다. 인간은 본래부터 한계가 있는 부족한 존재가 아닌가. 더군다나 가난하고 병들고 장애가 있는 사람들, 오늘의 주류 사회에서 소외된 사람들은 더욱더 모여 살고 함께 살아야 한다고 생각한다.

바른 신앙으로 살고 싶어 예수의 제자가 된 사람들은 어쩔 수 없이 우리 사회에서 소외될 수밖에 없다. 어떤 개인이 예수를 따르기로 결심한 그 순간, 그는 비참한 상태로 추락하게 된다. 그래서 예수는 "내가 아버지 안에, 아버지께서 내 안에 있는 것같이 저들도 하나가 되어 우리 안에 있게 하사 세상이 아버지께서 나를 보내신 것을 알게 하옵소서."라고 기도했다. 제자들이 하나 되어 공동체가 되어야 사도행전의 원시 성령공동체처럼 "제 것을 제 것이라 하는 자가 하나도 없어도, 그들 가운데 핍절함이 없게" 될 수 있기 때문이다.

임 목사는 자신의 공동체가 망해야 한다고 생각했지만, 사실은 언제나 계속해서 공동체적 삶을 살아갔다. 그가 공동체라는 말을 굳이 사용하지 않은 이유가 있다면, 그것은 그가 있는 자리, 그가 만나는 사람, 어디든지 거기가 그에겐 공동체였기 때문이다. 그 삶의 자리가 교회이건, 마을이건, 학교이건, 병원이건 상관없다.

임 목사가 병을 고치기 위한 프로그램으로 건강강좌 모임을 가질 때도 일종의 공동체 방식의 생활로 진행한다. 사람들이 모여서 함께 지내게 하고, 함께 음식을 먹고, 이야기를 나누고, 밤이 늦도록 주무르고 두들기면서 사람들을 고쳐준다.

그의 전화기는 언제나 치료하는 방법과 음식을 묻는 전화로 끊이지 않는다. 아무리 멀어도 오라 하면 오고, 가라 하면 간다.

돈을 얼마 내라는 말도 없고, 얼마를 받겠다는 말도 없다. 있으면 쓰고 없으면 안 쓰고 하지만, 그의 주변에 돈을 낼 사람들은 차고도 넘친다. 자신에게 빚진 사람들이 3천 명이 넘으니 언제든지 필요하면 꺼내 쓸 수 있다는 말을 한 적이 있다. 멋지다!

그는 늘 훌륭한 사람들을 찾아다니고 그들의 훌륭한 삶을 닮기 위해 몸부림치며 살아왔지만, 정작 누군가를 우상화하거나 지나치게 열광하는 것은 경계하라고 하였다. 내가 거의 성인이라고 믿었던 이현필, 최흥종, 유영모도 거기에 예외가 아니었다. 누구나 인간에게는 한계가 있고, 극복하지 못한 개인적 결점이 있기 때문이다.

동시에 훌륭한 사람들로 추앙을 받던 인물에 대해 실망할 만한 나쁜 소문을 접할 때는, 동의하지 않고 침묵하다가 합리적인 이유를 들어 설명하며 방패막이를 해주곤 하였다. 함석헌이나 강원용 같은 이들에 관해서 그렇게 말해 주던 게 생각난다. 이러한 임 목사의 태도는 자신이 스스로 경험한 실패와 뼈아픈 비난들을 녹여서 빚어낸 관대한 인격과 포용적인 미덕을 보여주는 게 아닌가 생각한다.

성경은 말한다.

옛날을 기억하라. 역대의 연대를 생각하라…
네 어른들에게 물으라. 그들이 네게 말하리로다.

임락경은 예수를 따랐던 위대한 선배들의 삶을 따라갔다.
그리고 그는 자신의 길을 갔다. 그리고 이제 길이 되었다. 그
길을 살피고 기억하며 따라가는 것은 우리 남겨진 후배들의 몫
이다.

현정파사의 천 · 지 · 인 도인

유희영
군산 YMCA 사무총장 역임

I. 임락경 선생님과 나의 삶

내 인생의 선생님

1978년 10월 중순, 대학의 중간고사가 끝나고 나는 스승을 뵐 수 있다는 기대감을 안고 신촌역에서 교외선 열차를 탔다. 장흥역에 내려서 5㎞ 정도를 '선생님을 뵐 수 있을까?' 하는 설렘 가운데 깊이 생각하며 걸어갔다.

당시 숭실대학교 철학과 1학년이었던 나는, 생각의 방법에 대하여 그리고 우리나라의 큰 사상에 대하여 알고 싶었다. 그

92
사람, 임락경

것은 유교, 불교, 기독교, 사회과학 등을 포함한 것이었다. 또한 우리 민족이 안고 있는 분단 문제의 해결점을 찾고 싶었다. 대한민국의 사회구조적 악을 극복하는 새로운 실천이 분단 극복의 초석이라 생각했다.

개인의 자유를 소중한 가치로 여기는 자본주의와 사회 구성원의 공동체적 행복을 소중한 가치로 여기는 사회주의를 융·복합하여 국민 모두가 행복한 나라를 만드는 것이 분단 극복의 초석이라 생각했던 것이다.

나는 종로5가의 연동교회 대학부에 출석하고 있었는데, 한 달 전에 이화여대에 다니는 친구 조기숙이 임락경 선생님에 대해 이야기를 했었다. 장흥에 임락경이라는 분이 기독인으로서 시냇가에 있는 집에서 혼자 살고 있는데, 토요일이면 20~30여 명이 놀러 와서 함께 밥을 해먹으면서 자신들의 삶과 시국에 대해 많은 이야기를 나누고, 노래 부르고 놀면서 사귐을 갖고 있다는 것이었다.

집에 놀러오는 사람이 집 앞에 있는 절의 스님, 버스 안내양, 여성 노동자, 운동권 학생들, 농민, 기독인 등 남녀노소 아주 다양하다고 하였다. 나는 내가 찾고 있는 스승님이라는 확신이 들었다.

　사회 변혁이 절실히 요구되는 이 시기에, 뜻을 가진 분의 삶의 유형이 둘로 나뉜다고 나는 생각하였다. 하나는 파사현정 유형으로서 정의를 외치며 직접 사회 구조악과 싸우는 사람이고, 다른 하나는 현정파사를 생각하며 조용히 올바름을 하나하나 실현하며 사회개혁을 이루어 가는 유형이다.

　파사현정의 삶을 사시는 함석헌 선생님은 종로5가 기독교회관에서 뵙고 있으니, 현정파사의 삶을 사시는 선생님을 찾는 것이 현재 나의 가장 중요한 일이라고 생각하고 있었다. 스님이 놀러 오신다는 것은 불교와 대화가 되시는 분이고, 노동자들과 대학생들이 놀러 오는 것은 사회과학적인 변혁운동에 관한 대화가 되시는 분이고, 하나님의 나라를 꿈꾸는 교회운동이 시작된 '마가의 다락방' 같은 역할을 하는 집을 시냇가에 짓고 혼자서 생활하신다는 것은 분명 현정파사의 삶을 사시는 스승일 것이라고 생각하며 설레는 마음으로 장흥의 골짜기를 걸어갔던 것이다.

　한 시간 이상 걸었을 때 조기숙 친구가 소개한 지형이 나타나고, 마침 냇가에서 검은 고무신을 신은 채 발을 씻고 계시던

한 분을 뵙게 되었다. 직감적으로 임락경 선생님이라는 생각이 들어 여쭈어 보았다.

"혹시 임락경 선생님이신가요?"

"응 나여."

"선생님 뵙고 싶어 왔습니다. 저는 숭실대학교 철학과 1학년 유희영입니다."

계곡을 흐르는 맑은 물에 씻고, 저녁을 준비하여 먹은 다음 말씀을 나누기 시작하였다.

나의 첫 번째 질문은, 하나님 사랑과 이웃 사랑에 대한 것이었다. 하나님 사랑에 대한 확신, 곧 믿음에 확신을 갖고서 이웃을 사랑해야 하는지, 아니면 이웃을 정성을 다해 섬기면서 믿음의 확신을 얻게 되는지에 대한 질문이었다.

당시 숭실대학교 기독학생회에는 모태 신앙인으로서 장차 목사가 되려는 사람이 많았다. 이들은 믿음에 대한 확신, 구원에 대한 확신을 강조하였다. 다른 한편, 사회구조악에서 신음하는 이웃을 사랑하는 문제에 대해 깊이 생각하는 회원들은 예수님의 삶을 따르는 신앙생활을 강조하였다. 내가 다니던 연동교회 대학부도 이웃 사랑을 강조하며 예수님을 따르는 신앙생활을 강조하였다.

임락경 목사님께서 "하나님 사랑과 이웃 사랑은 손바닥과 손등의 관계와 같다. 이는 하나이면서 둘이요 둘이면서 하나이다."라고 말씀하시면서 수레바퀴를 들어 설명하셨다.

이웃 사랑은 수레바퀴의 외곽, 곧 땅에 닿는 부분이다. 신앙의 원심력이다. 하나님의 사랑은 수레바퀴의 중심이다. 신앙의 구심력이다. 이 둘은 구분될 수 있는 것이 아니며, 구심력과 원심력이 동시에 있어야 바퀴로써 굴러갈 수 있다. 구심력이 강하고 땅에 닿는 부분인 원심력이 약하면 바퀴의 기능을 수행하기 어렵고, 땅에 닿는 부분인 원심력은 강한데 구심력이 약하면 바퀴가 부서지게 된다.

그래서 좋은 바퀴는 구심력과 원심력이 강해야 한다. 곧 바퀴의 중심과 땅에 닿는 부분이 함께 강해야 바퀴로서 쓸모 있는, 좋은 바퀴인 것이다. 손바닥만 있을 수 없고, 손등만 있을 수도 없다. 하나의 손에 손등과 손바닥이 함께 있는 것이다. 손바닥이 우선이다, 손등이 우선이다 할 수 없다.

임락경 선생님께서 계속해서 유영모 선생님과 이현필 선생님에 대해 말씀해 주셨다. 이현필 선생님을 먼저 뵙고 유영모 선생님을 나중에 뵈었는데, 유영모 선생님은 신앙생활에서 하나님과의 관계가 중요하다 하시면서 'ㅣ'를 강조하셨고, 이현필 선생님께서는 이웃 사랑을 강조하시면서 'ㅡ'를 강조하셨다. 이현필 선생님은 기독교 동광원 수도공동체를 만들었다고 하셨다. 현재의 한국 기독교는 하나님 사랑과 이웃 사랑이 깊어져야 한다고 하시면서, 유영모 선생님께서 유일하게 졸업 논문으로 인정한 박영호 님의 『새 시대의 종교』란 책을 주시었다.

두 번째 질문은, 사회의 구조적인 모순에 대한 변혁의 방안에 대한 것이었다. 사회구조적인 모순으로 인하여 노동자, 농민 그리고 도시 빈민들이 매우 힘에 겨운 삶을 살고 있고, 독재정치로 인하여 집회 및 언론의 자유가 억압당하고 있는 현실을 어떻게 변혁할 것인지에 대한 질문이었던 것이다.

임락경 선생님께서는 버스 안내양들이 겪는 고된 노동과 성희롱 등의 어려움을 알고 계셨다. 한 번은 청계천의 봉제공장을 가서 보니 폐병을 생산하는 공장과 같았다고 하셨다. 폐병 환자를 돕는 활동을 하면서 이러한 폐병 생산 공장이 된 봉제공장의 구조적 모순을 해결해야 한다고 생각하게 되었고, 사회구조적인 모순을 올바르게 파악하고 해결하기 위해 크리스천아카데미 활동을 하고, 이 과정에서 어려움도 겪으셨다고 말씀하셨다.

그러면서 누에고치를 아느냐 물으셨다. 할머니와 누에를 키워 누에고치를 팔기도 하고 누에고치에서 실을 뽑아 비단을 짜는 것도 보았다 말씀드렸더니, 사회변혁운동의 방안에 대해 말씀하셨다.

누에는 뽕잎을 먹고 자란다. 손으로 건드리면 가만히 있고 활동이 자유로우면 열심히 뽕잎을 먹는다. 그리하여 일정한 기간이 지나면 누에의 몸에 실이 가득 차게 된다. 누에는 입으로 실을 뽑아내며 자기 몸을 감싸는 둥근 고치를 만든다. 고치 안에서 번데기로 일정 기간 지난 후에 나비가 되어 스스로 고치에 구멍을 뚫고 나와서 하늘을 훨훨 날아다닌다. 사회변혁운동도 누에와 같은 방법으로 하는 것이 지혜롭다 생각한다 하셨다.

비록 악법이지만 합법적인 틀 안에서 활동을 하며 누에고치와 같은 집을 짓고, 이후에 나비가 되어 변혁된 세상을 날아다니는 식의 방안이었다. 각 영역에서 사회변혁을 꿈꾸는 다양한 누에고치가 만들어지고, 지속적인 활동을 하면서 전쟁과 같은 피 흘림이 없이 사회변혁을 완수한다. 분단의 특수한 상황에서 급속한 혁명보다 점진적인 개혁이 좋겠다 말씀하셨다.

세 번째는, 장흥의 시냇가에 집을 짓고 살면서 종교인, 학생, 노동자, 농민 등 다양한 사람들이 만나는 사랑방을 하는 이유와 운영 방안을 묻는 질문이었다.

목사님의 답변의 따르면 이렇다.

사회를 변혁하려면 각 계층의 사람들이 소통하며 현실을 잘 알아야 한다. 특히 학생들이 이론과 현실을 잘 알아서 이후에 법과 제도를 만들 때 노동자, 농민, 도시 빈민 등 대한민국 국민 모두가 잘사는 복지국가를 만들어야 한다. 그래서 새로운 사회를 꿈꾸는 사람들의 사랑방을 운영하고 있다.

이 사랑방은 주인이 없다. 이곳을 찾는 모든 사람이 주인이다. 나는 관리인의 역할을 맡고 있다. 이곳을 찾는 사람들이 이심전심으로 알아서 식량을 가져와서 밥을 하고 음식을 가져와서 나누어 먹는다. 모두가 밥하고 설거지하고 주변 청소도 하고, 알아서 다한다. 지금까지 먹을 것이 떨어져 본 적이 없다. 운영 규칙도 프로그램도 없다. 그래도 먹고 놀고 이야기하면서 이곳을 찾는 모든 사람들이 소통하며 잘 지낸다.

나는 막걸리 한잔을 따라드리고 큰절을 하며 "인생의 선생님으로 모시고 살겠습니다. 허락해 주세요." 하였더니, 그러라 하셨다. 그래서 지금까지 중요한 일을 의논 드리고, 부족하지만 목사님을 선생님으로 모시고 살면서 선생님께 누가 되지 않는 삶을 살려고 노력하고 있다.

선생님을 뵌 이후 숭실대학교 기독학생회 신동완 선배를 비롯한 동료들에게 선생님을 소개하였다. 그 이후 선생님 집과 선생님 집에서 만난, 인근에 사는 김영환 님 집에서 기독학생회의 다양한 모임을 진행하며 깊이 있는 만남을 가졌다.

기독학생회 회원 중에 일부는 임락경 목사님이 운영하시는 화천의 시골교회에서 몇 년간 선생님께서 하시는 일을 도우며 삶과 가르침을 배웠다. 지금도 기독학생회 회원들은 선생님과 다양한 형태의 만남을 지속하며 복된 사회와 복지 국가를 만들기 위해 열심히 생활하고 있다.

내 짝을 찾아주신 분

1984년 10월 3일에 나는 조은하 씨와 결혼하였다. 조은하 씨는 임락경 선생님께서 광덕교회 주일학교 초등부부터 중고등부까지 지도하였던 이다. 주례는 임락경 선생님이었다. 임락경 선생님께서 장흥의 생활을 정리하시고 강원도 화천군 사내면

광덕리에서 생활하실 때였다.

1983년도에 군대생활을 마친 나는 결혼에 대한 절박한 마음이 들었다. 당시 숭실대학교 앞 상도동에서 숭실대학교 전산과에 다니는 남동생과 할머니를 모시며 살고 있었는데, 할머니께서 식생활을 담당해 주시는 것이 너무도 마음이 아팠다. 할머니이기 전에 한 여성의 삶이 보였기 때문이다.

할머니께서는 26세에 아버지를 임신한 상태에서 할아버지를 잃으셨다. 그래서 유복자 아버지를 할머니 홀로 키우시다가 며느리를 맞았는데, 며느리(나의 어머니)는 3형제를 남기고 내가 4학년 초에 결핵으로 돌아가셨다. 할머니께서는 아주 가난한 환경에서 우리 3형제를 키우신 것이다. 그래서 할머니의 생이 얼마 남지 않았을 때 나는 얼른 결혼하여 할머니를 모시고 남동생과 함께 생활해야겠다고 생각했다.

1984년 1월 2일에 임락경 선생님을 찾아뵙고 결혼에 대해 의논 드렸다. 저녁을 먹고 결혼에 대해 다양한 이야기를 나눈 후 선생님께서는 앨범을 가지고 나오셔서 사진 속의 여러 여성들에 관하여 말씀하셨다. 모두 좋은 분들이었으나 나는 왠지 마음에 확신이 안 들었는데, 선생님께서는 앨범을 덮으시고 "바로 아랫집 큰딸이 좋겠다" 말씀하셨다.

그 사람의 집은 마을의 사랑방과 같이 사람들이 많이 찾는 집이고, 그의 아버지가 복막염으로 춘천병원에 입원했을 때 마을에서 수술비를 모금하며 완치를 기원했으며, 지금은 건강하게 양봉을 하고 계신다 했다. 선생님께서 그 사람을 어렸을 때부터 교회에서 지도하셨고, 고등학교에 다니며 교회에서 풍금 반주를 하다가 졸업 후에는 동생들을 위해 서울에서 직장 생활을 하고 있는데, 마을에서 서로 며느리 삼으려고 한다 하셨다.

선생님의 설명을 듣는 과정에서 나는 바로 그녀가 내가 찾는 여성이라는 확신이 들어, "선생님! 은하 씨와 결혼하겠습니다. 제가 찾는 사람입니다!"라고 말씀드렸다. 나는 결혼할 사람을 찾았다는 기쁨에 누웠다 앉았다 하면서 밤을 꼬박 새웠다.

다음날 아침 선생님께서 아랫집에 내려가시더니 은하 씨 아버지인 집사님과 함께 올라오셨다. 집사님께서 임락경 선생님에게 잘 들었다 하시면서 "자네는 사람의 행복이 어디에 있다 생각하는가? 나는 사람이 좋은 뜻을 이루기 위해 전념하는 삶에서 행복이 있다 생각한다네."라고 말씀하셨다. 저 또한 같은 생각이라 말씀 드렸다.

두 분이 의논하시더니, 오늘 은하 씨가 다니는 직장으로 찾아가 집안의 심부름을 왔다 하고 면회를 하라고 하셨다. 그리고는 집사님께서 "큰아이가 자신의 결혼에 관해 결정할 만큼 자랐으니, 만나서 합의되거든 오게나." 덧붙이셨다.

그날 저녁에 나는 은하 씨와 만나 서로가 찾는 사람임을 확신하고, 토요일에 임락경 선생님을 찾아뵈었다. 결혼식은 그해 10월 3일로 정해졌고, 감사하게도 임락경 선생님께서 주례를 맡아주셨다. 지금도 설과 추석에 선생님을 찾아뵙고 평생의 주례자 되심을 감사 드리고 있다. 다음은 선생님께서 주례사로 인용한 로마서 12장의 일부이다.

하나님께서 우리에게 주신 은혜를 따라, 우리는 저마다 다른 신령한 선물을 가지고 있습니다. 사랑에는 거짓이 없어야 합니다. 악한 것을 미워하고, 선한 것을 굳게 잡으시오. 형제의 사랑으로 서로 다정하게 대하며, 존경하기를 서로 먼저 하십시오. 열심을 내어서 부지런히 일하며, 성령으로 뜨거워진 마음을 가지고, 주님을 섬기십시오. 소망을 품고 즐거워하며, 환난을 당할 때에 참으며 기도를 꾸준히 하십시오. 손님 대접하기를 힘쓰십시오, 여러분을 박해하는 사람들을 축복하십시오, 축복을 하고, 저주를 하지 마십시오. 기뻐하는 사람들과 함께 기뻐하고 우는 사람들과 함께 우십시오. 서로 한 마음이 되고, 교만한 마음을 품지 말고, 비천한 사람들과 함께 사귀고, 스스로 지혜가 있는 체하지 마십시오. 아무에게도 악을 악으로 갚지 말고, 모든 사람이 선하다고 생각하는 일을 하려고 애쓰십시오. 여러분 쪽에서 할 수 있는 대로 모든 사람과 더불어 화평하게 지내십시오.

내 질병을 치유해 주신 분

2021년 7월, 나는 지팡이를 짚고 정읍시 산내면에 있는 사랑방교회로 임락경 목사님을 찾아뵈었다. 당시 나는 허리 디스크, 협착증, 신경통, 피부병 등으로 걸어 다니는 게 힘들 지경이었다. 2년여 동안 한의원, 정형외과, 피부과 병원을 다니며 치료하려 했으나 경과가 좋아지지 않았다.

임락경 목사님께서 몸의 질병 치유는 네 가지가 중요하다 하셨다. 첫째, 아무리 좋은 음식도 과하면 병의 원인이 된다. 산삼도 많이 먹으면 독이 된다. 둘째, 몸 안의 독은 땀과 오줌으로 배출시켜야 한다. 셋째, 몸 안의 독을 해독시켜야 하는데 약물은 녹두로, 중금속은 도토리묵으로, 제초제와 성장호르몬, 방사선은 백토 지장수로 해독시켜야 한다. 넷째, 소유의 충족은 즐거움이고 이웃 사랑은 기쁨을 주는데, 마음에 기쁨이 있을 때 몸의 순환과 저항력이 좋아진다.

나는 사랑방교회의 자원봉사 일꾼이 되기로 하고, 토요일과 일요일에 사랑방교회에서 생활하였다. 그동안 즐겨 먹던 튀김을 비롯하여 식용유가 들어간 음식, 계란, 닭고기, 돼지고기가 들어간 음식을 먹지 않았다. 사랑방교회에서 주말이면 옷이 젖을 때까지 땀을 흘리며 일하고 백토 찜질방에서 지냈다. 박희정 원장이 해주시는 건강한 음식과 녹두죽, 도토리묵, 백토 지장수를 먹었다. 한 달 만에 지팡이가 필요 없게 되었고, 6개월이 지나자 피부병이 깨끗해졌고, 1년이 되자 몸이 완치되었다.

홍시가 맛이 있어서 일주일을 계속 먹었더니 감기가 심해졌다. 몸이 차가워져서 그렇다는 것이다. 그래서 요즈음은 감과 포도 등 과일을 적당히 먹는다. 지금도 건강한 몸 관리 수칙 네 가지를 성실하게 지키며 생활하려 노력하고 있다.

'촌돌' 모임과 사랑방교회 일꾼 모임

임락경 목사님께서는 '촌놈'은 농촌에서 사는 사람이고, '돌파리'는 이치를 돌파한 사람이라고 하신다. 그래서 10여 년 전에 임락경 목사님을 존경하는 사람들이 모여 '촌놈과 돌파리'를 줄여 '촌돌'이라는 모임을 만들었다. 촌돌 모임은 월 1만원의 회비를 모아 1년에 1회 임락경 목사님 생신잔치를 하고, 나머지는 용돈으로 드리고 있다.

초대 회장은 화천에서 농사지으며 교회를 담임하고 있는 한주희 목사께서 수고하였다. 임락경 목사님과 정농회를 함께하며 목사님의 책 출판 작업을 돕고 계시는 분이다. 2대 회장은 내가 맡았고, 3대 회장은 해남에서 목회하시는 박승규 목사께서 맡고 있다. 광주 귀일원의 강용복 국장께서 처음부터 지금까지 총무를 맡아 수고하고 계신다. 이번 80회 생신 잔치를 촌돌모임에서 총괄 준비하고 있는데 생신잔치, 출판기념, 장애인 결혼이 함께 이루어진다.

나는 2021년 7월부터 주말이면 사랑방교회에서 일하였다. 사랑방교회는 서울의 이병순 권사께서 땅 1만여 평과 단위면적 50평의 2층으로 된 한옥을 지어 헌납하신 것이다. 이 권사님은 백혈병으로 고생하는 손자를 임락경 목사님의 지도를 받으며 잘 키우고 있음을 감사 드리며, 가난하고 의지할 곳 없는 환자들이 이곳에 와서 목사님의 가르침을 받으며 치유되기를 원하는 마음으로 헌납하셨다.

사랑방교회에는 십자가가 없다. 종교, 인종, 나이, 성별에 상관없이 누구나 찾을 수 있는, 말 그대로 '사랑방'이다. 행정적으로는 교회로 등록되어 '사랑방교회'라 하고, 일상에서는 '사랑방'이라 한다. 사랑방 건물, 농장, 산의 관리, 음식 준비 등을 함께할 일꾼이 필요하여 사랑방 건강교실에 오시는 분 중에서 자원하시는 분을 중심으로 일꾼모임을 만들었다.

물론 최고의 일꾼은 임락경 목사님이시다. 임락경 목사님과 박희정 원장을 도와 10여 명의 자원봉사 일꾼들이 각 영역에서 열심히 일하고 있다. 음식 준비, 살림, 농장, 건물 관리, 건강교실 안내, 영상 기록 등을 하고 있다. 내가 2024년 3월 1일부터 철원에 있는 국경선평화학교에서 일하게 되면서 매월 세 번째 금요일에서 일요일까지 진행되는 건강교실에 함께하지 못하고 있어 죄송할 따름이다.

II. 천·지·인의 도인 임락경 선생님

천(하나님)과 대화하며 생활하시는 도인

종교인이요 수도사

임락경 선생님은 목사이시다. 1980년대에 노인과 장애인이 함께 사는 복지공동체를 생각하시면서 신학을 공부하고 목사 안수를 받으셨다. 사회복지사가 되어 사회복지공동체를 만드는 것보다 신학을 하여 목사가 되고 생활공동체 교회를 하는 것이 좋겠다고 생각하신 것이다.

그래서 강원도 화천군 사내면 광덕리에 노인과 장애인과 어린이가 함께 생활하는 공동체인 시골교회를 만들어 30년 이상을 담임목사로 살았다. 시골교회의 큰머슴으로 일하며 살림살이를 총괄하고, 상담하고 예배하며 마음과 영혼을 치유하셨다.

최고의 가르침들이 종교에 담겨 있는데, 목사님께서는 기독교, 불교, 원불교, 유교, 천주교 등 종교지도자들과 잘 지내신다. 부처님오신날에는 절에 초빙되어 강의도 하신다. 불교의 가르침은 '자비'요, 유교의 가르침은 '인'이요, 기독교의 가르침은

'사랑'이라 하시면서 어려운 환경에서 생활하는 사람을 섬기며 사는 것이 최고의 신앙생활이라 하신다.

경전을 읽으며 공부하고, 기도하고, 예배하고, 명상하는 모든 종교 행위는 결국 삶으로 실천되어야 하는데, 종교 행위에 멈추어 있는 종교지도자들을 안타깝게 여기신다. 공부하고, 예배하고, 명상하고, 돈을 모으다가 언제 이웃 사랑을 실천하며 복된 사회를 만들어 갈 것인가, 하시며 안타까워하신다.

오히려 종교 행위를 전문으로 하여 돈을 모아 부귀영화를 누리며 이웃 사랑을 하지 않는 종교지도자들을 보면서 그들은 마치 서울에 과거 보러 가다가 천안에서 다른 짓 하며 생활하는 것과 같다 하신다. 오늘의 새로운 양반이 종교지도자라 하시며, 부귀영화를 누리는 종교지도자는 최고의 가르침인 이웃 사랑을 저버린 생활을 하는 타락한 사람이라 하시며 안타까워하신다.

그래서 선생님은 종교의 가르침과 삶을 일치시키며 생활하신 한국기독교 영성가들의 삶을 알리려 노력하신다. 직접 만나 뵈며 신앙의 가르침을 받은 이세종, 이현필, 최흥종 등 영성가의 삶을 연구하고 책을 출판하고 강의하신다.

임락경 선생님은 목사님이신 동시에 수도자이시다. 하나님의 뜻을 자유롭게 따르기 위해 가정을 갖지 않으셨다. 부인이나 자녀의 요청 혹은 부양에 얽매이지 않고, 자유롭게 하나님의 뜻을 삶으로 실현하기 위해 가정을 꾸리지 않으셨다. 이웃 사랑에 비상 대기하며 생활하고 계신다.

80의 나이를 넘기시는 지금도 머리맡에 휴대폰을 놓고 주무신다. 주무시다가 다급한 전화가 오면 한 시간도 넘게 상담하는 경우가 많다. 울면서 삶의 고통을 호소하는 전화, 질병으로 생이 무너지는 절망을 호소하는 전화 등 호소가 끝날 때까지 묵묵히 응답하며 다 들으신다.

다급한 상황이면 일어나 밤길이나 새벽길을 달려 전국 어디든지 가신다. 목사님 차에는 녹두가루, 미나리가루, 도토리가루, 꿀 등 비상 식품이 비치되어 있다. 때로는 사람의 생명을 살리기 위해 죽음의 그늘이 드리운 여자 환자 분과 함께 주무시는 경우가 있다. 자다가 코에 손가락을 대어 보고 생사를 확인하며 주무신다. 사람을 살리기 위해서이다.

이러한 삶을 이해할 수 있는 아내와 자녀가 있을까? 다양한 다툼이 있을 수 있다. 목사님의 건강을 염려하는 말이나 사람들의 오해를 살 수 있는 상황을 느닷없이 듣게 되었을 경우에 말이다. 그러나 임락경 목사님은 하나님께서 가장 기뻐하시는 일은 생명을 살리는 일이라 생각하신다. 그렇기 때문에 생명을 살리는 일에 온전히 전념할 수 있는 수도사의 삶을 살고 계신다.

예수님 팔아 천국 장사하며
부귀영화 누리는 목회는 안 한다

임락경 목사님께 소속한 교단이 어디냐 물으면, '예수팔아장사회'라 하신다. 예수교장로회를 빗대어 이렇게 말씀하신다. 예수 팔아 천국 장사하며 돈을 모아 부귀영화 누리는 목사는 안한다 하신다. 예수님께서 '네 십자가를 지고 나를 따르라' 하셨다. '네 소유를 팔아 가난한 사람들과 나누라' 하셨다. 그래서 목사님은 십자가를 지고 예수님을 따라가는 신앙생활을 하려하신다.

청빈이 목사님 삶의 모습이다. 농막에서 생활하시고, 노동하며 자급 생활하고, 옷을 사 입지 않으시며, 구멍 난 양발, 검정 고무신을 신으시며 절약하여, 그 돈으로 어려운 사람들을 챙기신다. 예수를 의지하여 신앙생활을 한다고 하면서 실상은 예수를 팔아 천국 장사하며 돈을 모아 부귀영화를 누리는 사람들이 있는데, 이를 부끄러운 줄 모르고 대물림하려 하면 패가망신 한다고 하신다.

사람들은 이런 목사들을 존경하기보다는 예수님의 삶을 기준으로 삼아 비난하고 비웃는데, 이러한 삯꾼 목사는 안 하신다 하신다. 예수님을 믿기만 하면 모든 죄가 사해지고 천국에 간다 하며 부끄러운 줄 모르고 죄를 짓고, 예수님께서 십자가 고난을 지셨기에 믿는 자는 아무런 고난의 일을 하지 않아도 된다고 믿는, 그런 신앙이 안타깝다 하신다.

필요한 것을 구하는 기도는 하지 않는다

임락경 목사님은 필요한 물질을 구하는 기도를 하지 않으신다. 하나님을 아버지라 부르는 자들이 하나님의 뜻을 먼저 물으며, 이 뜻을 이루기 위해 살아가면 이에 필요한 모든 물질을 하나님께서 여러 손길을 통해 주신다는 예수님의 말씀을 믿고서 그대로 행하신다.

화천 광덕리에 있는 시골교회는 장애인과 노인들과 함께 생활하는 공동체였다. 30명 이상이 생활하면서도 하나님께 필요한 물질을 구하지 않으시고, 하나님께서 기뻐하시는 삶에 최선을 다하셨다. 장애인과 노인들의 가족이 되어 농사를 지으며, 이들을 섬기는 삶에 최선을 다하신 것이다.

이러한 목사님의 삶을 보시고 하나님께서 다양한 손길을 통해 필요한 물질을 채워주셔서 먹을 것과 입을 것과 잠자리가 늘 부족하지 않았다. 사람들이 하나님을 사랑하는 마음으로 교회 공동체에 필요한 물질을 바친 것이지, 임락경 목사님 개인에게 바친 것이 아니기에 개인적인 처지에서 '고맙다', '감사하다'는 말씀을 하지 않으신다. 목사님의 일상적인 삶에서 필요한 물질을 채워주시는 하나님의 사랑이 끊이지 않았다.

새벽에 글을 쓰고 낮에 일하며 밤에는 쉰다

목사님께서는 새벽 세 시에 일어나 하루 생활을 시작하신다. 보통 저녁 열 시에서 새벽 세 시까지 잠을 자고 일어나 건강 체조로 몸을 일깨우고 생각을 정리하신다. 생각을 모아 글을 써 책을 만들고, 강의와 설교를 준비하고, 청탁받은 곳에 원고를 보낸다. 또한 생활과 활동에 필요한 공부를 하신다. 농번기 철에는 날이 밝아 오면 농장에서 하루를 시작하신다.

저녁 열 시에서 새벽 세 시까지 잠을 잘 때도 머리맡에는 휴대폰이 놓여 있다. 환자들은 자신들의 고통을 참다 참다 못 참으면 몸부림치며 전화하는 경우가 많은데, 쉬겠다고 휴대폰을 꺼 놓을 수 없다는 것이다. 어찌 보면 목사님은 온종일 사랑을 실천하는 삶을 사신다.

자연의 이치를 파악하여 생활하시는 도인

정농正農 농사꾼

임락경 목사님은 농사꾼이다. 일평생 농사를 떠난 적이 없다. 80세인 지금도 경운기를 활용하여 농사를 지으신다. 정읍 사랑방교회 농장과 화천의 시골교회 농장의 농사를 목사님께서 하신다. 이곳에서 생산되는 농산물은 암환자 등에게 보약과 같다. 화학비료, 제초제, 화학농약, 기능성 영양제 등을 사용하지 않으시기 때문이다.

논농사, 밭농사, 텃밭농사를 기본으로 삼아 동광원 시절에는 결핵 환자들과 닭을 키우며 생활하였고, 시골교회 시절에는 소와 돼지와 양을 키워 식구들의 단백질 공급을 책임졌다. 성장 호르몬과 항생제를 많이 사용하며 기른 가축의 고기를 암환자 등 몸이 허약한 사람이 먹으면 지병이 악화되기 때문이다.

몸이 약한 사람일수록 단백질 섭취가 필요한데 캐나다, 러시아, 호주, 뉴질랜드 그리고 유럽의 농산물은 환자들이 먹어도 부작용이 거의 없기에 이를 부러워하신다. 특히 유아에게 이 나라들에서 생산되는 전지분유를 먹였을 때 건강한 모습으로 성장하는 것을 보시면서 우리나라의 현실을 안타까워하신다. 결핵 환자에게는 이 전지분유가 보약이라 하시기에 결핵을 앓은 적이 있는 나는 몸이 너무 피곤하면 전지분유를 활용한다.

임락경 목사님은 양봉을 하면서 좋은 꿀과 프로폴리스를 생산하신다. 임 목사님의 꿀과 프로폴리스는 환자들에게 보약이다. 기력 회복에 아주 좋다. 꿀을 마시면 위벽을 보호하여 치유에 도움이 된다.

나는 장시간 운전을 하거나 육체노동을 많이 할 경우에는 꿀을 먹는다. 아침에 일어나 큰 컵에 꿀 한 숟가락과 된장을 차 숟가락으로 반절쯤 타서 먹으며 위와 장을 관리하고 있다. 뱃속이 편한 것과 피로 회복이 건강에 소중하다 하신 목사님 말씀에 따른 것이다.

목사님은 농산물로 음식을 만드는 대가이시다. 사랑방교회

환자들에게 필요한 기본 음식은 목사님께서 직접 참여하여 만드신다. 김장김치, 된장, 고추장, 간장을 만드신다. 사랑방 일꾼들이 참여하며 배운다. 두부와 묵을 직접 만드신다. 동물을 직접 잡아 요리하여 환자들을 먹이시고, 생선을 손질하여 음식을 만드신다.

목사님께는 산이 가축 농장이자 나물 농장이고, 들판이 농토이자 나물 농장이다. 바다는 생선 양식장이다. 먹을 수 있는 것이 무엇이고, 이를 활용하여 어떻게 음식을 만들어야 하고, 만든 음식이 사람 몸의 장기에 어떠한 작용을 하는지 아시는 분이 목사님이다.

음식의 터전인 바다와 강과 들판과 산이 농약과 제초제와 쓰레기로 병들어 가는 것을 참으로 안타깝게 생각하신다. 자연이 병들면 사람이 병들고, 사람이 병들면 세상이 다 병들기 때문이다. 사람 생존의 기본은 음식이고, 음식은 농산물이 기본이기에, 이 농산물을 생산하는 농업이 사람의 생존의 기본이자 문명의 기본이라 하신다. 그렇기 때문에 농업이 가장 중요한 직업이요, 농민이 가장 훌륭한 사람이라 하신다. 농업이 병들면 사람이 병들고, 사람이 병들면 사회가 병들기에, 농업은 생명을 살리는 농업이어야 한다고 강조하신다.

땅을 살리고 사람을 살리고 동식물을 살리는 농업이어야 한다고 하시며 1976년에 창립된 정농회 활동을 열심히 하고 계신다. 정농회 회장을 역임하셨고, 현재는 고문으로서 지금도 열심히 활동하신다. 도시에서 살다가 농촌으로 이사하여 농업을 시작하려는 사람들을 위한 귀농학교에서 오랫동안 강의하셨다. 상지대학교에서 유기농업 관련 초빙교수도 하셨다.

지하 수맥과 땅의 기맥 전문가

목사님은 지하 수맥의 위치, 물의 양을 아신다. 그리고 땅의 기맥을 알아 따뜻한 기맥이 흐르는지를 아신다. 이를 활용하여 샘의 위치를 잡아 주고, 집터와 농장 터와 묘지 자리를 잡아 주신다. 지하로 물(수맥)이 흐르지 않는 방에서 잠을 잘 것을 권면한다.

단독주택은 샘이 중요하고, 농장은 농작물에 줄 수 있는 지하수가 중요하다. 지하수맥이 흐르지 않고 남향으로 겨울에 햇볕이 잘 들고 바람의 소통이 원활한 곳이 명당이어서 이곳에 단독주택을 지으면 가장 좋다 하신다.

지하수가 흐르는 곳 위에 집을 지으면 집이 갈라지기 쉽고, 수맥이 흐르는 방에서 잠을 자면 차가운 물의 기운 때문에 기력이 쇠하여지고 몸의 혈액과 기 순환이 원활하지 않아 몸이 병들게 된다. 바람이 소통하지 않는 집은 습하고, 습한 곳에는 곰팡이와 세균이 살게 되어 기관지 관련 병이 생기게 되고, 가족끼리 다툼이 많아지게 된다. 묘지 또한 같은 이치로 수맥의 영향을 받기 때문에 습한 곳에 묘지를 만들면 주검의 상태가 안 좋다 하신다.

지하수의 흐름과 양을 알기 위해 처음에 물과 친화력이 있는 수양버들가지를 가지고 물이 흐르는 수로 위를 오가며 수양버들가지의 작용을 익히셨다. 지금은 몸으로 그 기운을 알 수 있게 되었고, 마을 어귀에서 물의 흐름과 공기의 순환을 보시고 수맥과 공기 흐름이 나쁜 집의 위치를 아신다.

이렇게 물과 바람과 기의 흐름을 파악하시고, 전기와 냉난방 기구가 없는 집을 지으셨다. 바로 정읍의 사랑방교회이다. 암환자들에게 전자파가 좋지 않기에 냉난방 기구가 없이 살 수 있는 2층 한옥을 지으셨다.

생태건축가

임락경 목사님은 생태건축가이시다. 한옥으로 화천의 시골 교회와 정읍의 사랑방교회 등 여러 곳의 집을 지으셨다. 지하수맥이 흐르지 않고 바람의 소통이 원활하며 남향인 곳을 집 지을 땅으로 선택하고, 나무와 돌과 흙을 최대한 사용하여 집을 지으며, 수맥을 찾아 샘을 만들고 텃밭을 만든다. 이러한 집은 몸이 약한 사람들이나 환자들이 생활하기 좋고, 냉난방비가 아주 적게 든다.

온돌방을 만들기 위해 지하수맥을 피하여 구들장을 놓는다. 최고의 열효율이 있는 온돌방이기에 몇 개의 장작으로도 긴 겨울밤을 따뜻하게 보낼 수 있다. 이러한 위치의 온돌방은 혈액과 기 순환을 원활하게 하고 땀으로 몸 안의 독을 배출하는 데 좋기 때문에 건강한 사람은 물론 환자 등 약한 사람들에게 아주 좋다. 정읍의 사랑방교회에는 백토를 사용한 온돌찜질방이 있어 많은 환자분들이 이용하고 있다. 임락경 목사님의 작품이다.

이웃 사랑의 도인

세상의 병과 사람의 병을 치유하시는 분

나는 세 가지 종류의 의사가 있다고 생각한다. 첫째는 사람의 병을 치료하는 의사이다. 둘째는 사람을 건강하게 하여 병을 예방하는 의사이다. 셋째는 기후 위기, 전쟁 등 세상의 병을 치료하는 의사이다. 임락경 목사님은 이 세 가지를 다 하는 의사이시다.

첫째와 둘째 관련 활동은 의사면허증이 없어서 직접 환자의 병을 치료하지 않으신다. 침을 잘 놓으시고, 도구나 약물을 사용하지 않고 뼈를 잘 맞추며, 체한 것을 치료하실 수 있지만 돈을 받으며 의료 행위를 하지는 않으신다.

내 아내가 목 디스크로 고생하다가 체형을 잡아주는 뼈를 맞추고 바로 좋아졌고, 체하여 수개월 동안 고생을 하다가 목사님께서 손으로 쓸어내려주셔서 치유된 것이 세 차례나 있었다. 체형, 체질, 식습관, 생활습관, 질병의 현상을 보며 예방과 치유의 방안을 말해 주신다.

몸의 건강은 종합예술과 같다. 건강한 몸으로 살아가기 위해서는 다양한 분야의 지식과 지혜가 요구되는데, 수십 년을 이에 대한 관심을 지니고 공부하고 연구하고 임상적인 실행을 하면서 임락경 목사님은 동양의학과 서양의학의 기본 원리를 파악하여 적용하고 계신다. '동의보감', '서의보감', '중의보감'이 필요한 시대라 말씀하신다. 이미 펴내신 건강 관련 몇 권의 책들은 이에 대한 지식과 지혜를 알려준다.

매달 세 번째 금요일 저녁식사에서 일요일 점심식사까지 2박 3일간 건강교실을 사랑방교회에서 진행하고 있다. 건강교실은 강의뿐 아니라 음식, 물, 백토 찜질방에서 땀 흘리는 것, 건강 관련 지혜를 담은 노래 부르기, 개별 면담, 산책 등으로 이루어지는데, 이 모든 과정을 임락경 목사님이 주관하신다. 건강교실은 남양주에 있는 감리교교육원에서 15년 동안 이루어졌으며, 생활협동조합, YMCA, 교회, 시민단체 등에서 다양하게 시행하고 있다.

또한 세상의 병을 치료하는 활동을 하신다. 전쟁과 기후 위기 극복을 위해 다양한 활동을 하신다. 1970년대에는 민주화를 위한 활동을 하시다 당시의 중앙정보부에서 조사받으며 고생하신 적이 있다. 크리스천아카데미 교육 활동, 가톨릭 및 개신교의 농민교육 활동, 대학과 교회 강연 등을 하셨다. 전북 이서에 있는 농민교육원에서는 일정 기간 숙식을 하는 연수교육을 기획하여 진행하셨다.

이론과 놀이 그리고 노래를 함께 진행하는 임락경 목사님의 교육은, 고된 노동과 생활에 지친 농민들의 심신을 풀어주고 새로운 세상을 만들어 가는 지혜와 용기를 주었다.

이 세상은 나와 가족의 이익, 국가와 민족의 이익만을 우선적으로 생각하며 이를 위해 싸우고 전쟁하는 중병에 걸려 있다. 예수님은 나와 가정과 국가와 민족을 넘어 세상을 하나님 나라로 변화시키려 하시다 십자가에 못 박혀 돌아가신 분이시다. 예수님은 세상의 병을 치유하는 의사이셨던 것이다. 지구에서 전쟁과 이상 기후의 병을 치료하는 길은, 예수님께서 말씀하시고 본을 보여준 대로, 세상 사람 모두가 하나님의 자녀로서 하나님을 어버이라 부르며 서로 사랑하며 사는 것이라 하신다.

구멍 난 양말을 자랑스러워 하시는 분

임락경 목사님은 구멍 난 양말을 자주 신으신다. "발도 숨을 쉬어야 한다"고 우스갯소리를 하시지만, 여기에는 깊은 사연이 있다.

1970년대에 있었던 사연이다.

노동자들이 해고되어 다른 직장을 구하기까지 최소 한 달 이상이 걸린다. 또한 몸이 아프면 치료될 때까지는 실직자로 생활하여야 한다. 실직의 사연은, 노동운동에 참여하였거나 몸이 아픈 경우가 많았다. 몸이 아플 때 가장 잘 먹으며 치료해야 함에도 불구하고 노동자들은 매우 힘겨운 생활을 하면서 잘 먹지 못했다. 이 시기에 버스 안내양, 봉제공장 여성 노동자 등의 가정을 방문하며 돌보시곤 했다.

어느 날, 노동자가 생활하는 곳을 방문하였는데, 식량이 없었다. 방문할 때면 라면 한 봉지 끓여 둘이 먹은 적이 많았다. 그날은 노동자의 생일이어서 갔는데, 실직 상태라 먹을 것도 돈도 없었다. 당시 목사님께서는 신던 신발에 구멍이 나서 새 신발과 양말 살 돈 1만 원을 갖고 있었는데, 노동자에게 그 1만 원을 주시고 라면과 먹을 음식을 사게 하였다. 라면을 한 개 끓이고 작은 빵에다 성냥개비 몇 개 꽂고 생일을 축하하였다. 구멍 난 신발과 양말은 당분간 계속 신어야 했다.

그 뒤로 목사님은 양말을 신으면서 깊은 생각에 잠기곤 하셨다. 지금도 신발과 양말을 직접 사지 않으시고 구멍 난 신발과 양발을 신곤 하시는데, 이를 본 사람들이 조용히 신발과 양말을 사 드리곤 한다. 임락경 목사님은 구멍 난 양말을 사랑하는 수도자 목사님이시다.

한 사람이 한 곳에 사랑의 현장을 갖자!

우리 사회에는 힘겹게 살아가는 개인이나 가정이 있다. 비교적 좋은 가정이나 환경에서 생활하는 개인이나 가정이 한 명 혹은 한 가정과 삶을 나누는 이웃이 된다면 아주 좋은 세상이 될 거라 하신다. 이러한 사랑의 현장을 한 곳 갖는 것은 믿음과 수행(행함)을 일치시키는 신앙생활이요, 올바르게 종교의 경전을 깨닫는 지름길이라 하신다.

목사님은 사랑의 현장이 많다. 수많은 사람들의 고민과 고통과 가난과 삶의 지혜를 서로 나누신다. 목사님과 사랑의 삶을 나눈 경험이 있는 수백 명이 모여 목사님의 팔순을 축하하며 남은 생을 축복하는 잔치를 준비하였다.

이번 팔순잔치는 목사님께서 쓰신 건강 관련 책의 출판을 기념하면서 정읍 사랑방교회에서 개최하고, 결혼식을 하지 못한 채 시골교회에서 생활하고 있는 장애인 부부의 결혼식을 겸하는 팔순 생신 잔치는 화천 시골교회에서 한다.

목사님의 깊은 사랑을 경험한 사람들이 모여 생신잔치를 준비하는데, 사람들의 건강한 생활의 지혜가 담긴 책을 나누어 주는 출판 기념과 어려운 환경에서 결혼식을 올리지 못한 장애인 부부의 결혼식을 겸한 생신잔치는 목사님의 사랑 나눔 현장이다. 목사님에게는 네 명의 딸이 있다. 모두 결혼하였는데, 목사님께서 수도사로 생활하시면서 시골교회에서 키운 딸들이다. 하나님의 사랑으로 맞은 딸들이기에 자녀에 대한 사랑이 각별하시다.

결핵환자를 돕는 귀일원에서 생활하시다

임락경 목사님이 처음 이웃 사랑을 배우고 실천한 곳은, 이현필이 창립하여 발전한 기독교 수도공동체 '귀일원歸一園'이다. 자신을 '이공李空'이라 부르며 동양의 '공'사상을 기독교 신앙에 접목하여 생활하신 전남 화순의 이세종, 그리고 하나님과의 하나됨을 신앙생활의 중심에 놓고 생활하신 유영모와 깊이 만나면서 하나님 사랑과 이웃 사랑을 함께 추구한 예수님을 올바로 이해하게 된 이현필은, 예수님을 신앙생활의 중심에 놓고 생활하는 수도공동체 '동광원東光園'을 창립한 것이다. 동광원은 한국전쟁 후 귀일원歸一園으로 바뀌었다.

귀일원은 모든 사람을 예수님의 사랑으로 섬기는 삶을 추구하였다. 귀일원의 수도자들은 "낮고 천한 사람을 섬기는 것이 나를 섬기는 것이다"라고 하신 예수님의 말씀에 따라 고아와 거지와 환자들과 한 식구가 되어 공동생활을 하였다. 수도공동체 귀일원에서는 고아들을 돌보는 시설, '진달래교회'라는 결핵 환자 생활공동체, 그리고 거지들과 생활하는 공동체를 운영하였는데, 귀일원은 이후 사회복지법인이 되었다.

임락경 목사님은 청소년 시기에 수도공동체 귀일원에 들어갔다. 귀일원에서 생활하며 이미 돌아가신 이세종을 알게 되었고, 이현필, 유영모, 최흥종, 정인세, 오복환 등을 만났다. 귀일원에서는 결핵 환자들을 돌보기 위해 전주에 '진달래'라는 생활공동체를 운영하였는데, 임락경 목사님이 책임을 맡았다. 다석 유영모가 기증한 절을 결핵 환자들이 생활하는 진달래 생활공동체로 만든 것이었다.

임락경 목사님은 닭을 키워 계란을 팔고, 산양을 키우며 우유를 팔아 진달래 생활공동체를 운영하였다. 저녁 열 시경에 잠을 자고 새벽 세 시에 일어나 공부하다 날이 밝으면 일을 하는, 수도생활을 하였다. 특히 결핵 환자들이 돌아가시면 가마니 거적 등으로 말아 지게로 지고 옮겨 묘지 만드는 일을 하였다. 결핵 환자들과 함께 먹고 자며 생활하면서도 자신이 결핵에 걸리지 않은 것은 신앙생활에서 오는 내면의 기쁨이 강한 면역력을 주었기 때문이라 하신다.

노동자, 농민 등 다양한 부류의 사람들과
함께 생활하시다

임락경 목사님은 30대에 경기도 장흥의 시냇가에 집을 짓고 살면서 이곳을 찾는 사람들과 함께 생활하였다. 노동자, 농민, 학생, 다양한 종교인 등이 찾아왔는데, 주말이면 20여 명 이상이 함께 밥을 해먹으며 생활하였다.

실업자가 되거나 몸이 아프게 되었을 때 노동자들은 자기 집보다는 장흥의 임 목사님 집을 찾았다. 환자들은 임락경 목사님과 함께 생활하며 건강에 관한 지혜를 배우며 생활하다 건강을 회복하면 직장을 구해서 나갔다.

실업자가 된 노동자들이 기숙사가 있는 새로운 직장을 구하는 데 한 달 이상 걸리곤 했는데, 임 목사님의 집은 이러한 노동자들에게 쉼터요 삶의 보금자리였다. 목사님은 이들과 가족이 되어 함께 살았다. 이들 중에 결혼을 하게 되면 예식의 준비는 물론 손수 바느질하여 이불을 만들어 주기도 하셨다.

노인, 장애인, 어린이들과 함께 생활하시다

임랑경 목사님은 강원도 화천의 광덕리 산기슭에 노인, 장애인, 어린이들이 함께 생활하는 공동체인 시골교회를 운영하였다. 시골교회는 의지할 곳이 없는 노인, 신체 및 정신지체 장애를 지닌 사람들, 부모와 함께 생활하지 못하는 어린이들이 함께 가족이 되어 생활하는 공동체 교회였던 셈이다.

임락경 목사님은 이를 '섞어 복지'라 한다. 대상자별로 분리하여 운영하려고 하면 막대한 시설과 사회복지사 등 인력과 운영자금이 필요한데, 섞어 복지를 하면 서로 돕고 섬기는 생활을 하는 가운데 생활인들의 복지가 향상되어 행복하게 되고, 운영의 효율성이 아주 높아진다 하신다.

30여 년 동안 늘 수십 명의 사람들이 시골교회에 머물며 공동생활을 하면서도 정부나 특정 기업의 지원에 의지하지 않았다. 농사를 짓고 간장과 고추장과 된장을 만들어 팔고, 꿀을 생산하여 팔면서 생활하였다.

시골교회의 구성원들은 서로에게 할머니, 할아버지, 아버지, 어머니, 삼촌, 이모, 언니가 되어 생활하는, 사랑으로 이루어진 가족공동체였다. 어린이가 자라 성인이 되고, 정부 주도의 노인 복지와 장애인 복지가 발전하면서 시골교회 생활공동체는 해체되었고, 지금은 소수의 사람들이 생활하고 있다.

◀ 채현국과 목사님

▼ 출판기념회

촌놈을 만나 겪어 보니

목사님은 못하시는 게 뭔가요?

박회진
선교사, 오사카 이코이노 이에

농부, 풍수지리 전문가, 돌파리, 락교? 목사님, 천재, 가수, 건강 전도사? 임락경 목사님을 생각하면 떠오르는 단어가 너무 많아 뭐부터 써야 할지… 맴도는 생각들을 정리하는데, 역시 한 가지 기억, 돼지 잡던 그 장면을 떨칠 수 없어 맨 처음 적어 본다.

25년 전, 일본 시마네현의 그리스도애진고등학교 학생들이 시골집에 연수여행을 온다고 해서 시골집에 갔다. 임 목사님이 학생들 앞에서 몸을 날려 흑돼지를 잡던 모습이 지금도 생생하게 기억난다.

마치 임꺽정이 칼을 휘두르듯, 작은 몸매로 날렵하게 돼지의 멱을 따고 배를 갈라 내장을 드러내어, 아이들에게 하나하나 설명하고 만져 보게 하던 그 장면이 왜 자꾸만 떠오를까?

돼지 멱따는 걸 처음 보는 나도 충격을 받았지만, 학생들은 고함을 지르며 잡은 돼지를 못 먹을 것처럼 난리를 쳤다. 그렇게 난리를 쳤지만, 돼지고기를 즉석에서 숯불구이로 만들어주니 학생들은 맛있다고 먹었다. 그 학생들은 하나도 생각나지 않지만 강렬했던 칼 솜씨의 주인공 임 목사님은 내 기억의 '탑 쓰리' 안에 들어 있다.

일본의 와카야마 농장에 '베데스다의 집'이 있다. 아직 건물이 생기기 전, 그곳에 오신 임 목사님께서 오우라 씨 앞에서 낫으로 무성한 잡초를 눈 깜박할 사이 베어내고, 건물이 들어설 곳에 서서 나뭇가지를 양 손에 들고 땅 밑 물길을 찾고 방향을 잡아 주셨다. 목사님께 물었다.

"농부가 되면 자연 이치를 저절로 알게 되나요?"

농부 임락경 목사님의 책 『돌파리 잔소리』를 보고서 진짜 큰소리를 깨달았다. 아시는 분은 다 아는 목사님의 돌파리 잔소리…. 그 돌팔이가 그 돌팔이가 아니고 그 돌파리였다. 책에 붙인 제목이 본인과 딱 어울린다.

락교?

일본어 통역이 가장 힘든 꼬리말 잇기 농담의 장인이시다. 본인의 이름 '락경'을 농담 삼아 소개하니 일본의 장아찌 이름 '락교'가 된다. "목사님이시라고요?" 처음 만나, 목사님 같지 않은 목사님을 목사님 중에서 가장 목사님답다는 생각을 했다.(나는 목사라는 직업을 가진 인간을 가장 경멸하던 시절에 목사님을 만났다. 그리고 경멸에서 존경하는 마음으로 바뀌었다.)

이야기의 달인

목사님은 학생들 앞에서 식민지시대부터 역사를 읊어 나간다. 학생들은 농담으로 듣다가 진지하게 태도가 변한다. 한국과 일본의 근현대사를 아주 짧은 시간에 간략하게 요약해서 마치 돼지 멱따듯이 정곡을 콕 찔러서 학생들의 마음에 박히게 한다. 역사를 그렇게 전할 수도 있다는 경험을 했다. 그렇게 매년 3월이면 시골집에서 목사님을 만났다.

"저는 통역이 시원찮아요. 공부한 적이 없어서⋯."

목사님 이야기는 다들 통역을 기피한다. 그런 마음을 금세 알아채시고는 "하고 싶은 대로 말하면 돼! 누구도 못 알아들으니까."라고 말씀해 주셨다. 하고 싶은 대로 말하면 된다고 하시니 정말 하고 싶은 말만 했다.

"목사님, 지금 와서 고백하는 데요… 진짜로 맘대로 통역했어요. 용서해 주실 거죠?"

천재!

임 목사님은 천재다. 예전에 외던 약 장사 버전을 지금도 기억하신다. 그뿐인가? 영원한 '가수 달인'이시다. 구한말부터 근현대사에 나오는 수많은 노래를, 길게는 12절 넘는 노래도 외워서 부르실 수 있다. '뇌가 어떻게 생긴 거지? 그걸 어떻게 기억하시지? 몸으로 익힌 것이 틀림없어. 저분은 인간이 아니야.'

순전히 독단과 편견으로 하는 나의 평가이지만, '아니야, 역시 임 목사님은 천재가 분명해!'라고 속으로 되뇐다. 나는 목사님을 만날 적마다 감탄과 경악을 금치 못한다. 이 글을 읽는 분들에게 말하고 싶다.

"다들 속으로 그렇게 생각하시죠? 저도 그래요."

노인…no人

"팔순은 노인인가요? 사람이 아니라 노오 인이시라고요? 천만에요. 진정한 사람, 임 목사니임! 우리들의 영원한 선배니임!"

농부이신 임 목사님을 생각하면 저절로 배시시 웃음이 나온다.

"목소리에 힘을 하나도 들이지 않고 몇 시간이고 말할 수 있고, 몇 시간이고 노래할 수 있는 힘은 어디서 나오는 거죠? 목사님한테 궁금한 게 아직도 너무 많아요! 곧 와카야마 농장에서 뵙기를 고대합니다."

약함을 지닌 사람과 함께 산다

오다 코헤이小田弘平

시네마현 그리스도애진고등학교 교장 역임

시골교회를 방문할 때마다 주목해 볼 것이 있다. 주위에 쌓아올린 돌담이다.

시골교회는 혼자서 살기 힘든 사람들과 함께 살아가는 공동체인데, 일본의 나가노현에도 '공동학사共同學舍'라고 하는 공동체가 있다. 공동학사는 농사를 지으면서 무거운 짐을 진 사람들과 함께 살아가고자 하는 공동체인데, 미야지마 신이치로宮嶋眞一郎 선생이 시작하였다.

공동학사는 "모든 사람은 한 사람 한 사람 고유의 가치를 지니고 있다. 한 사람의 존재가 존중되는 조직을 만들고 싶다. 능력에 의하지 않고, 경쟁 원리에 의하지 않는, 사람과 사람이 서로 돕고 사는 사회를 만들고 싶다."는 바람을 갖고 있다. 올해로 설립한 지 50년이 된다.

이 세상에 태어나 살고 있는 사람 가운데 누구 하나 불필요한 사람은 없다. 오히려 사회에서 쓸모없다고 여겨지는 사람이 사실은 사회의 가장 중요한 부분을 담당하고 있다.

공동학사가 벼농사를 짓고 있는 논은 다양한 모양의 돌을 쌓아서 만든 돌담 위에 만들어진 계단식 논이다. 돌담은 큰 돌로만 되어 있지 않다. 큰 돌과 큰 돌 사이에는 작은 돌이 끼워져 안정된 구조를 만들어 낸다. 그곳의 작은 돌이 빠지면 그 돌담이 무너지고 만다. 즉, 큰 돌은 작은 돌에 의해 지탱되고 있는 것이다.

나도 학생들과 그곳에서 '워크 캠프'를 할 때 크게 무너진 돌담을 하루 종일 고친 적이 있다. 중심이 되는 큰 돌과 큰 돌 사이에 작은 돌을 잘 넣어 안정된 구조를 만들었다. 그 결과 무너진 돌담을 다시 제대로 쌓을 수 있었고, 오랫동안 다락논을 떠받칠 수 있게 되었다. 그러나 그 후 나가노현의 기반 정비 사업에 의해 계단식 논 전체가 재구획되고, 자연스러웠던 계단식 논의 경관은 더 이상 볼 수 없게 되었다.

수백 년 동안 벼농사를 짓게 해준 돌담이 부서지고, 대형 트랙터를 사용하는 대규모 농업에는 편리하게 되었지만, 돌담을 애써서 만든 옛사람들의 예지叡智와 땀의 역사를 볼 수 없게 되었다. 경제적 효율을 중시했던 조상들의 지혜를 땅에 묻는 것이 진정한 문명일까?

공동학사는 어떠한 장애가 있거나 무거운 짐을 가진 사람들이 안심하고 생활할 수 있도록 모두가 힘을 합하여 농사를 지으면서 살고 있다. 미야지마 신이치로 선생이 자주 하던 말이다.

지구가 시작된 이래 똑같은 사람은 절대 없었다. 당신이란 사람은 지구가 멸망할 때까지 다시 나오지 않는다.

'나'란 존재는 '나' 이외에는 없다. 지구가 시작된 이래로, 그러니까 45억 년 동안 누구 하나 같은 사람은 없었다는 뜻이다. 한 사람 한 사람이 인류의 중요문화재. 사람은 다 다르다. 성격도, 능력도, 기능도 다르다. 그렇게 다른 사람들이 함께 살아가며 일하는 공동체가 공동학사. 작은 공동학사가 이 사회에

촌놈을 만나 겪어보니

존재하고 있기에 공동학사를 지원하는 사람들은 희망을 발견하고, 이 세상에서 살아갈 힘을 얻고 있다.

코린토교회의 신자들에게 보내는 첫 번째 편지 12장 22절에는 "몸의 지체 가운데에서 약하다고 여겨지는 것들이 오히려 더 요긴합니다."라고 되어 있다. 그냥 '요긴합니다'가 아니라 '더 요긴합니다'라는 표현에 주목하고 싶다.

나는 이 말이 살아서 역사하는 사회를 만들고 싶다. 경쟁사회에서는 살아가기 어려운 사람이라도, 자랑스럽게 인간다운 삶을 살아갈 수 있는, 그런 사회를 만들어야 한다. 신은 한 사람 한 사람을 다르게 만드셨고, 각 사람에게 '특별한 기대'를 가지고 만드셨다. 한 사람이라도 이 세상에 태어나지 말았어야 한다고 생각한다면, 그것은 신의 뜻에 어긋난 말이다.

그렇게 생각하게 만든 책임은 누구에게 있는가? 그렇게 생각하게 만든 우리들에게 있다. 인간은 누구든지 '함께 살고 있어서 다행'이라고 생각하게 하는 사회 구조를 만들어야 한다. 어떻게 할 것인가? 유감스럽게도 인류는 오늘날까지 이런 구조를 만들지 못했다. 왜일까? 처음에는 서로 좋았지만, 어느 순간 자기만 좋으면 된다는 사람이 생기고, 다른 한편으로는 천대받

사람, 임락경

는 사람을 만들고 말았다. 인류의 역사가 이를 말해 준다.

　나는 토목공사나 건축공사 보는 것을 좋아한다. 시마네현의 음악 홀을 설계하신 분의 이야기를 들은 적이 있다.

　홀의 기초 부분을 어떻게 만들까? 깊이 파낸 바닥에 수직 방향으로 큰 몇 개의 말뚝을 철근과 콘크리트로 다져 만든다. 또한 수직 방향의 말뚝과 말뚝 사이에 수평 방향의 '서까래'를 만든다. 수직 방향의 말뚝은 건물의 무게를 지탱하는 큰 작용을 한다. 그러나 가로 방향의 '서까래'가 있어야 건물의 무게를 단단히 지탱하고 지진에도 견딜 수 있게 된다.

　건물이 완공되면 지하 구조물은 메꿔지고 보이지 않게 된다. 그 일에 종사하는 사람은 자로 재듯이 정교하게 철근을 엮는다. 콘크리트로 굳히기 때문에 정확하게 철근을 엮지 않아도 단단할지 모르지만, 철근공은 매우 정확하게 철근을 시공한다. 이런 일을 하는 사람을 '배근 설계자'라고 부른다. 그들은 장인으로서의 자부심을 갖고 일한다. 하나의 현장이 끝나면 다음 현장으로 이동한다. 건물의 완성에는 입회하지 않는다.

　'서까래'는 돋보이지는 않지만, '서까래'가 있기 때문에 건물이 세워지는 것이다. 이 서까래들은 자신들의 일에 자부심을 가진 철근공들에 의해 만들어진다. 소중한 것은 보이지 않는 곳에 있다. 사회도 그렇다. "몸의 지체 가운데에서 약하다고 여겨지는 것들이 오히려 더 요긴합니다."라고 사도 바울로는 말한다.

시골교회 돌담을 볼 때, 큰 돌 사이에 있는 작은 돌을 본다. 이 작은 돌은 큰 돌이 무너지지 않도록 하는 '쐐기'가 된다. 세상은 커지고 빠르게 부를 쌓는 일에 광분하고 있지만, 이는 신의 뜻이 아니다. 나는 이 사실을 시골교회 임락경 목사로부터 배웠다.

한 부분이 힘들어하면 모든 부분이 다 같이 힘들어하고, 한 부분이 귀하게 여겨지면 모든 부분이 다 기뻐한다.

'다른 사람의 아픔을 자신의 아픔으로 삼는 것', 이것이야말로 우리가 목표로 하는 것이다. 세상에는 커다란 돌의 받침대가 되어 우리를 지탱하고 있는 신이 계신다. 그 신이 바로 '많은 이들을 의롭게 하고 그들의 죄악을 짊어진' 예수 그리스도다. 그리스도인은 이 끝없는 고통에 함께 참여하도록 부르심을 받았다고 생각한다.

사람, 임락경

소금처럼 아주 맛나게 사셨어요!

이병순
서울 사랑의교회 권사

"너희는 세상의 소금이니"(마태복음 5장 13절)

"너희 말을 항상 은혜 가운데서 소금으로 맛을 냄과 같이 하라. 그리하면 각 사람에게 마땅히 대답할 것을 알리라."(골로새서 4장 6절)

처음 임락경 목사님에 대한 글을 써보라는 권유를 받았을 때는 이것이 교만이 될까 하는 마음에 사양하고 싶었습니다. 그런데 며칠 전입니다. 임 목사님께서 정읍 사랑방의 일을 논의하는 편지를 보내왔습니다. 요새 보기 드문 손편지인데, 이면지에 써서 보내셨습니다. 그것을 보며 '이런 분이셨지, 이런 분을 조

금이라도 세상에 알리라는 하나님의 뜻이 있구나!' 하는 마음이
생겨났습니다.

제가 목사님과 만나고 꽤 오랜 세월이 흘렀습니다. 그동안
받은 사랑도 지나온 세월의 더께만큼이나 쌓이고 쌓였습니다.
그 사랑에 조금이나마 보답할 수 있지 않을까, 하는 마음에 서
투르지만 펜을 들어봅니다.

근 35년 전의 일입니다.

생활에 지쳐서, 어쩌면 저의 믿음이 부족한 연고로, 진실한
목사님을 만나기를 내심으로 사모하며 기도하기를 몇 달, 하나
님의 인도하심이 있어 임락경 목사님에 관한 이야기를 듣게 되
었습니다. 하나님께서 허락하신 분인지 물으며 다시 얼마 동안
기도했습니다. 기도의 시간이 흐르고, 하나님께서 용기를 주셔
서 강원도 화천의 시골교회를 찾아갔습니다.

가는 중에 백운산을 넘으면서 동네 사람들에게 물으니, "그
분 목사 아니고 거지 대장입니다." 이럽니다. 두 번을 그런 대
답을 듣고 나니 실망은 되지만, 직접 확인해야 한다는 마음으로
찾아갔습니다.

'시골교회'라고 적힌 초라한 집의 방문을 열어 보니 문을 열

자마자 눈앞에 바로 거실이 있고 맞은편에 부엌이라고 말하기도 어려운 작은 싱크대가 붙어 있습니다. 좌우로는 작은 방이 한 개씩 있습니다. 저의 집 거실보다도 작은 그 공간에 한 열 명 정도의 사람들이 앉아 있습니다.

"어느 분이 임락경 목사님이세요?" 하고 물으니, 자폐 아이를 안고 놀아주던 분이 불쑥 "접니다." 하고 대답합니다. 그렇게 대답하시는데, 순간 어릴 적 저의 큰아버지 댁에서 일하던 머슴의 모습이 떠오릅니다. 머슴처럼 덥수룩한 인상이었지만, 일에 찌든 모습은 전혀 없고, 장애인들을 안고 얼러주는 모습이 왠지 예수님께서 앉아서 일일이 제자들의 발을 씻기시던 따뜻한 모습이 연상되었습니다.

목사님께서는 멀리서 찾아간 사람을 반겨주시지도 않습니다. 식사 때가 되어 장애인들 밥을 차려 먹이면서도, 손님에게 식사하라는 말도 하지 않습니다. 그 공간에 앉은 사람들을 둘러보니 모두 어딘가 불편한 장애인들 같은데, 저마다 자기 일을 합니다. 손을 못 쓰면 발을 못 쓰는 사람이 밥을 먹여주고, 기어서 다니는 사람도 밝은 얼굴로 걸레질을 합니다.

밖에 나가 보니, 80이 넘은 꼬부랑 할머니께서 밭에서 김을 매십니다.

"힘들지 않으세요?"

"아니요. 나는 내 나이도 몰라요. 목사님은 아셔요. 거리에 쓰러져 죽어가는 나를 목사님께서 데려다 이렇게 살려 놓으셨어요, 나는 목사님이 좋아요."

"늦게 들어오셔도 '오늘은 어떠셨느냐?' 꼭 인사해 주셔요."

이 할머니는 임 목사님이 두 번이나 살려 놓으셔서 나중에 아흔이 넘어 평안하게 세상을 떠나셨습니다.

그렇게 임락경 목사님은 시골교회를 꾸리고, 그 가족들을 사랑으로 이끌고 갔습니다. 일반인과 장애인들, 남자와 여자, 어른과 아이들이 작은 공간 속에서도 쉬고 싶으면 한쪽에서 쉬고, 하고 싶은 일은 합니다. 누가 시켜서 하는 일들이 아니라 스스로들 자기가 할 수 있는 일을 찾아서 하는 밝은 표정들이 소금처럼 맛이 있어 보였습니다. 시골교회는 그렇게 화목을 이루는 한 가족이었습니다.

지금에 비하면 도로도 잘 안 깔려 있던 시절, 다녀오는 길은 멀고 험하고, 먼 길을 오가다 보면 배도 고팠는데… 이상하지요, 한 번 다녀오면 생활에 활력소 같은 영양제를 맞고 온 것처럼, 내가 건강함에 감사하게 되고 생활의 복잡함도 자연스럽게 믿음으로 견뎌내게 됩니다. 그래서 스스로 힘을 얻고 싶어서 반겨주시지도 않는 시골교회를 몇 달에 한 번씩 갔습니다.

서울에서 깨끗한 옷들을 모으고, 장난감도 가지고 가면서 방문이 거듭되자, 시골교회 식구들도 반겨주시기 시작하며 정이 듭니다. 밭에서 채소 뜯어 가서 먹으라는 이야기도 듣습니다. 그렇게 시골교회에서는 오라고 하지도 않는데, 일방적으로 내가 새 힘을 얻고 싶어서 찾아갔습니다. 조금씩 임 목사님과도 대화의 문이 열려서 직접 채소를 뜯어주시고, 시골교회의 이야기도 해주십니다.

전국에서 가장 싼 땅을 찾다 보니 이곳까지 왔고, 토굴에서 처음 시작했다고 합니다. 처음에는 식구들을 교회에 보냈더니 거지라고 반겨주지 않아서, 우리 아이들과 예배하며 축복기도를 해주고 싶어서 목사가 되었다고 하셨습니다.

"힘들지 않으세요?" 여쭈니 "하나님이 나에게 건강 주셨으니 갚아야지요. 직접 농사지은 건강한 먹을거리를 먹으며 자기 집에 살듯이 자유를 느끼는 삶이 되기를 바랍니다."라고 하십니다. 도시에서 온 손님들이 초코파이, 사탕, 라면 등을 가지고 오면 누가 시키지 않아도 먹는 가족이 없어요. 물어보니, 그런 인스턴트 식품은 건강에 좋지 않은 줄 알고, 알아서들 먹지 않는다고 합니다. 대신 단것이 끌릴 때면 꿀은 마음껏 먹습니다.

목사님께서는 시골교회 식구들 가운데 누가 어떻게 변했고 어떻게 회복되었다고 하시면서도 한 번도 당신이 이렇게 힘들었다는 말씀은 지금까지도 하시지 않으셨습니다. 언제 누구를 만나든 상대편의 처지에서 이해하시며 도움을 주시려는 목사님이셨지만, 하나님께서 언제나 늘 어떤 방법으로든 채워주셔서 시골교회 서른 명의 가족이 건강하고 즐겁게 사는 모습이었습니다. 그러다 보니 시골교회 가족들도 "동네에서 우리집이 제일 행복한 집"이라고들 합니다. 가족들이 진심으로 서로를 사랑하며 화목하게 지내고 이것을 자랑하니, 자연히 주위에 소금의 맛을 전하는 화목한 가족들입니다.

그렇게 목사님께는 많은 것을 배웁니다.

농약을 치지도 않는데 시골교회 밭은 언제나 깨끗합니다. 마치 농사가 쉬운 것처럼 보입니다. 마치 농사를 짓고 싶은 마음이 생기게 농사를 지으십니다. 그 모습을 보고 도시에서 온 젊은이들이 농업에 뜻을 품는 일도 많았습니다. 어떻게 이럴 수 있는지 물어보니, 잡초가 자랐을 때 뽑으려 하면 노동이고 싸움이지만, 잡초의 싹이 막 땅에서 돋을 때 호미로 긁고 다니면 쉽게 제거할 수 있고, 병충해도 미리 막을 수 있답니다.

어느 해인가요. 시골교회에서 사료 먹이지 않고 짬밥만 먹여 키운 돼지를 잡는다고 해서 좋은 고기를 얻어먹어 볼까 하고, 친구 집사들을 불러서 여러 물품을 챙겨 갔습니다. 시골교회 가족들과 함께 마당에서 즐겁게 돼지고기를 구워 먹으면서 대화하는 중에 제가 무심코 이런 말을 했습니다.

"그렇게 맛있다고들 하는 순대를 저는 아직 먹어보지 못했네요?"

그러고는 밭에 들어가서 각자 필요한 채소들을 뜯고 있는데, 목사님이 찾으십니다. 내려가 보니 그새 목사님께서 직접 돼지 창자를 손질하고, 찹쌀에 양념을 만들어 채워 넣고, 순식간에 순대를 만들어 놓으시고는 먹어보라고 하시는 것입니다. 놀랐습니다. 이렇게 만들어 쪄 먹으면 된다고 우리에게 말씀으로 알려주기만 해도 충분한 일인데, 항상 직접 당신 손으로 대접하십니다. 그 모습을 보며 또 크게 깨달음을 받았습니다.

그렇게 얻어먹은 순대는 쫄깃하며 간도 딱 맞고, 고기 먹은 후라 시장하지 않은데도 모두 맛있다고 다 먹었습니다. 그 맛있었던 순대 맛도 기억되지만, 이 작은 일화에서도 떠오르는 소금과 같은 화목한 맛의 깨달음은 지금도 생생합니다.

사랑이라는 것은, 믿음이라는 것은, 자기 말로 하는 것이 아니고, 가슴에서 스스로 일어나야 합니다. 스스로 마음에서 일어나서 몸을 움직이는 희생이고 헌신이며, 그렇게 다른 사람의 처지에 서서 그의 필요를 채워 나가는 것입니다.

그렇게 헌신하는 모습을 보며 자연히 믿어지는 것이 믿음이고, 가슴에 생겨나는 것이 사랑인 줄을 목사님의 모습을 보며 깨닫습니다. 이제껏 살아오며 가족을 정말 믿음으로 사랑하고, 가족을 위해 기도해야지, 생각해 왔습니다. 하지만 나를 먼저 녹여서 가족들의 마음에 감동의 믿음이 일어나게 헌신했느냐고 물으면 부족함이 많습니다. '먼저 말로, 소리로 내 뜻을 전하려 하고 가르치려 하니, 듣는 사람에게 감동이 일어나지 않았구나' 하는 깨달음을 얻었습니다.

이렇게 목사님을 몇 번씩 뵙다 보면, 자신도 모르는 사이에, 누구에게나 조건 없이 섬기는 목사님의 모습을 보며 마음에 화평을 얻고 저절로 존경하는 마음이 일어나게 됩니다. 기회만 있으면 집사님들과 시골교회에 가서 예배로 은혜 받고 생활로도 배우며 즐기고 왔습니다. 목사님의 부지런하고 성실한 모습은 그대로가 가르침이 되는 감동이었습니다.

20년 전 시골교회의 가족들은 지금은 임락경 목사님의 품을 떠나 다른 곳으로 갔습니다. 쫓아 보낸 것이 아닙니다. 대한민국이 조금 더 부자 나라가 되었습니다. 사회복지사들이 장애인 몇 명을 모아 시설을 꾸리면 국가에서 사람 숫자대로 지원을 해 주는 시대가 되었습니다.

그런 시대가 되자 목사님은 복지사들에게 가족들을 다 나누어 보내셨습니다. 직접 정부로부터 지원받는 복지시설을 세우셔도 됐을 텐데, 그렇게 하지 않으시고 다른 복지사들에게 다 나누었습니다. 자기 사람과 가진 것을 모두 나누어 주었습니다.

그러고는 조건이 되지 않아 정부에서 지원받지 못하는 처지에 있는 더 어려운 사람들, 병원에서 고치지 못하고 고생하는 사람들을 데려와서 살려 놓는 일을 하십니다. 특히 먹는 것으로 사람을 살리는 일을 주변에 가르치기 시작하시고, 그것이 지금의 '사랑방 건강교실'이 되었습니다.

처음 뵌 때로부터 몇 십 년이 지난 지금까지도 임락경 목사님은 변함이 없습니다. 언제나 소금처럼 가족들을 위하여 자신을 먼저 녹이시는 모습은 늘 제게 깨달음을 주고, 부끄러움에 도전받습니다.

그동안 세월의 흐름 속에 저의 집에도 큰 아픔이 여러 번 지나갔습니다. 그럴 때마다 임락경 목사님은 저에게 힘이 되어주셨습니다. 큰며느리가 중환자실에서 2주일이 되어도 깨어나지 않을 때, 두려움에 긴장의 시간을 보내고 있을 때, 뒤에서 얼마나 기도해 주셨는지 모릅니다. 용기를 주시며 혼자 아파하지 말라고 하십니다.

기도를 해주실 뿐 아니라 며느리를 치료할 방법을 바다 건너 중국에서부터 적극적으로 찾아봐 주시니, 새삼 용기가 납니다. 하나님께서 목사님을 사용하여 양방과 한방을 함께 적용하여 치료할 기회와 지혜를 주셨고, 기적 같은 은혜로 퇴원하는 체험을 했습니다.

어느 때인가는 제가 경제적인 문제로 누구에게도 말 못하고 하나님만 찾으며 절박함에 가위가 눌려 잠 못 자며 마치 무저갱에 갇힌 것처럼 절망의 고통 중에 있던 때가 있었습니다.

그런 와중에 갑자기 목사님이 전화하셨습니다. 다른 이야기를 하다가 ─마치 세상 말로 귀신처럼─ 다짜고짜 "왜 혼자 고민하느냐? 그러다가 죽는다. 무슨 일이냐?"라고 하시며, 그 고민 솔직하게 털어놔 보라 하시고는, 제가 사정을 이야기하니 아낌없이 적극적으로 도와주셔서 그 걱정을 씻어주셨습니다.

"목사님! 어떻게 해요! 언제 갚을 수 있다고 약속도 할 수가 없어요."

짐짓 사양해 보았지만, 목사님께서는 "이 권사의 생명이 돈보다 더 귀하다는 것을 왜 잊느냐!"며 이유도 묻지 않으시고 도와주셨습니다. 주변 사람만 생각하지 말고 본인의 건강부터 챙기라며, 아픔들은 잊고 용기를 내어보라며, 무조건 내 편에서 이해하며 믿어주시던 그 위로를 어찌 잊겠습니까?

한 번은 이런 일이 있었습니다.

무슨 일로 전화를 하셨는데, 그때 제가 몸이 굉장히 안 좋고 아팠습니다. 그것을 미련하게 참으면서 "제가 통증이 멈추지 않고 계속되어요, 왜 이리 참을성이 부족할까요?" 하니 빨리 응급실에 가보라고 하십니다. 다음날 병원 가보라고 해도 됐을 텐데, 지금 당장 응급실로 가라는 것입니다. 당신이 지금 경북 상주에 있는데, 지금 출발해도 새벽에나 도착하니 당신의 말을 꼭

촌놈을 만나 겪어보니

듣고 우선 응급실로 가라고, 제 다짐을 받아내십니다.

할 수 없이 "알았습니다" 하고는 아픈 몸을 끌고 손자와 함께 병원에 걸어서 갔습니다. 그런데 응급실 의사는 저를 보자마자 코에다 뭘 꽂고, 침대에 눕혀서는 일어나지도 못하게 하며 중환자 취급을 합니다. 그렇게 응급실에서 치료받으며 밤을 새우고, 이튿날 급히 입원했습니다.

입원 후에 담당의사 선생님이 오셨기에 "많이 안 좋은가요? 이제 퇴원하고 싶은데요." 하니, 의사가 "이 할머니 큰일 날 소리 하시네? 보세요. 한두 시간만 늦었으면 죽어서 병원에 왔을 겁니다. 쓸개로 가는 관이 막히며 피가 제대로 통하지 않아 죽을 뻔했습니다. 통증이 심했을 텐데 몰랐나요? 다행히 늦지 않게 응급실에 와서 생명을 구했어요." 이럽니다.

그때서야 하나님께서 목사님을 쓰셔서 저를 살리셨음을 알았고, 이런 기적 같은 계시들을 수시로 목사님께 내려주시는 것을 알았습니다. 제가 잊지 못하고, 잊어서도 안 되며, 갚아지지 않는 사랑의 빚입니다.

이렇게 제가 위험한 고비에 있을 때마다 목사님의 도움으로 고비를 넘겼습니다. "마치 무저갱처럼 캄캄하고 답답해요." 하고 고민을 털어놓으면, "그럴 거야, 그렇겠네." 하며 먼저 그 감정을 이해하고 공감해 주며 제 편에서 믿어주시고, 그러면 저는 어둠에서 다시 일어날 수 있었습니다.

목사님은 당신이 혼자 쓰시는 방 한 칸이 없으면서, 새 옷 한 벌이 없으면서, 다른 생명을 살리는 일에는 자신이 가진 것을 내놓아서라도 먼저 살려 놓으십니다. 남쪽 끝에서도 도움이 필요한 사람을 한달음에 찾아오십니다.

다른 사람들과 나누고 싶은 아름다운 사건들이 많습니다. 그중에 한 가지를 소개하고 싶습니다.

우리 손자가 약하게 태어났습니다. 그래서 항상 긴장하며 기도해야 했고, 먹을거리도 하나하나 챙겨야 했습니다. 지금은 하나님의 은혜로 회복시켜 주셔서 건강한 청년이 되었습니다.

열 살쯤 되었을 때인가, 좋은 미네랄이 있는 물을 먹어야 하는데, 특히 편백나무 숲에서 솟아나는 물을 먹으면 좋다고 해서 전라남도 장성 축령산의 편백나무 숲의 샘물을 받아다가 먹이게 되었습니다. 한 달쯤 지나니까 눈에 띄게 회복되는 모습입니다! 감사하며 한 달에 한 번씩 장성을 다녀오는데, 서울에서 편도 280㎞, 왕복으로는 600㎞ 가까이 됩니다. 새벽에 출발해도,

오후에는 어김없이 서울로 들어오는 차들이 막히고 저녁에야 돌아옵니다.

그렇게 열 달쯤 지나서인가? 목사님에게 "우리 손자가 아주 좋아졌으니 1년까지만 먹이고 고만 먹일래요." 했습니다. 목사님은 그때 전화로는 "그려?" 하시고는 아무 말씀이 없으셨습니다. 그러다가 어느 날 목사님께서 아파트 1층에 내려오라고 해서 내려갔더니 큰 물통 다섯 통에 편백나무 숲 샘물을 받아오셨어요. "이 물이면 한 달은 먹을 수 있느냐?" 하십니다. 목사님의 말씀에 깜짝 놀라고 깨달았습니다.

"목사님! 잘 알았습니다. 고만요! 제가 떠다 먹이겠습니다."

그러고는 다시 장성으로 물을 뜨러 다니며 기도했습니다. "경기도에 있는 좋은 샘물을 알려주세요." 그렇게 해결했습니다. 보통의 경우에는 어떻게 합니까? "이만큼 회복되었으니 조금만 더 떠다 먹여서 완치를 보지?" 하고 말로 권면을 합니다. 간단하게 말로만 권면하셔도 들을 관계입니다. 그런데 아무 말씀도 하지 않으시고, 직접 물을 떠 와서는, 앞으로도 떠다 주시겠다며 몸으로 사랑을 실천해 보이시는 목사님 앞에서 두 손 두 발 다 들고 항복했습니다.

아아… 사랑이란 그렇게 말로만 해서 되는 것이 아니고, 행동으로 당신의 마음을 녹여내는 맛에서 나오는 것이었습니다. 10년이 지나도 잊지 못하는 신비한 감동의 힘입니다.

임락경 목사님은 10대 시절 동광원에 들어가서 하나님의 길을 걷기 시작한 이래, 만나는 사람 누구든지, 그 사람의 몸이 아프든지 마음이 아프든지, 고통과 외로움에 처한 사람에게 묻지도 않고 무조건 그의 편에서 이해하고, 그의 편에 서서 믿어주며, 조건 없이 수고하시고, 지난 수십 년을 섬김과 나눔으로 살아온 하나님이 사랑하시는 목자입니다.

제가 인생을 이만큼 살아보니 몸이 아픈 것은 고통입니다. 먹을 양식이 없는 빈곤함도 고통입니다. 그런데 자신은 나름대로 참 열심히 노력했다고 하지만, 그 노력을 믿어주고 이해해주는 사람이 없고, 오히려 배반당할 때의 고통과 억울함은 정말로 받아 본 자만 이해하는 고통입니다.

자신의 억울함을 이해해 주고 믿어주는 자기편 한 사람이 없는 외로움의 고통은 얼마나 무섭습니까. 그러니 사람들은 마치 무저갱에 빠지듯 절망에 빠져 극단의 방법을 선택하는 것입니다. 하나님께서 한 영혼, 한 생명이 천하보다 귀하다고 하신

줄을 압니다. 그럼에도 누구를 만날 때마다, 아무 조건 없이 그의 편에 서주지를 못합니다. 내 형편을 먼저 생각하게 되고, 내 사정을 이해받고 싶어 합니다. 그 본능을 이기지 못해서 사람을 얻을 기회를 놓칩니다.

하지만 임락경 목사님은 항상 자기 뜻을 뒤로 하고 먼저 자기 앞에 있는 사람의 편에 섭니다. 그 사람을 먼저 믿어주고 이해해 줍니다. 그리고 그의 필요를 적극적으로 채워주며, 그 헌신으로 많은 사람을 회복의 길로 인도하고 계십니다. 그 사랑이 얼마나 귀하고 아름답고, 가슴을 흔드는 맛이 있는지요. 마치 주님께서 앞으로 배반할 것까지 아시면서도 제자들의 발을 일일이 씻어주시고 수건으로 닦아주며 "서로 사랑하라", "서로 화평하라" 하시던 그 말씀의 맛을 상상하며 사모하게 합니다.

이제 목사님도 여든이 되었습니다. 세상 말로 늙으셔서 지치실 만도 하고, 쉬고 싶은 나이인데도 여전히 사람을 도우러 전국을 다니십니다. 그 사람이 어찌하면 회복이 될까, 그 사람의 편에서 생각하며 도우려 하시는 그 모습에 제가 부끄러움을 느낍니다. 저도 늙었다는 핑계로 누구에게 의지하고 싶고 쉬고 싶습니다. 그럴 때마다 임 목사님의 모습을 떠올려 봅니다.

저 같은 바보에게 예수님의 모습을 닮아 가시는 하나님의 종, 임락경 목사님을 만나는 복을 주심에 하나님께 감사드립니다. 만날 때마다 깨우침을 받으며 주님의 자녀로 사는 행복, 즐거움이 무엇이며 화평함이 무엇인지, 노인의 명철함이 무엇인지 몸으로 보여주시는 삶에 진심으로 목사님을 존경합니다.

그동안 저 같은 부족한 바보를 의심 없이 진심으로 믿어주셨음에 진심으로 감사드립니다. 저도 정신 차려서 속사람이 새로워지려고 말씀에 의지하겠습니다. 하나님께서 지금까지 목사님과 함께하셨듯이 앞으로도 함께하셔서 소금의 맛을 내고, 화평의 길을 만들어 가는데, 하나님의 복이 함께하시길 기도하겠습니다.

목사님 사랑합니다. 존경합니다.

내가 만난 농부 임락경

정경식

(사)정농회 회장

임락경은 초등학교 졸업 이후 열여섯 살이 되었을 즈음 수
도공동체인 동광원에 입문하여 농사를 지으면서 가난한 자, 배
고픈 자, 그리고 병든 자들을 돌보며 15년 정도 살았던 것으로
알고 있다.

물론 그곳에서 훌륭한 스승들도 많이 만났을 것이다. '맨발
의 성자'라 불린 이현필 선생님, 그 시대의 스승이라 불린 다석
유영모 선생님 등 여러 선생을 만나 가르침을 전수받기도 했을
것이다. 그가 정농회에 대해서 알게 된 것도 그곳에서 원경선
선생을 만난 인연으로 시작된 듯하다.

하지만 당대의 훌륭한 스승을 만났다 해도, 생활 속에서 발견되는 그의 소소한 재주들은 동광원에서 가난하고 배고프고 병든 환자들과 함께 공동체생활을 하면서 스스로 터득한 것이 아닐까 짐작해 본다. '터득'이란 '깊이 생각하여 이치를 깨달아 알아낸 지혜'라고 한다.

임락경, 그가 타고난 총명함으로 터득한 이치는 농사를 으뜸으로 삼는 것이었다. 그래서 그는 정농회와 인연이 닿았고, 그 인연으로 나도 임락경을 만나는 행운을 얻은 것이다. 물론 나도 동광원에 여러 차례 방문한 기억이 난다.

내가 만난 임락경은 천상 광대다. 동시에 농사꾼이다. 이 땅에 태어나 농민이 되어 농민이 이 땅의 주인이 되길 원했다. 그래서 그는 '농민가'를 부르며 농민 권익을 위해 농민을 위한 복음을 전했다.

동시에 그는 권력과 자본과 지식의 허구에서 벗어나 일반 대중들의 삶속에서 민주주의의 방식으로 평등과 자유를 실현하고 억압과 착취로부터 벗어나게 하는 해방의 복음을 전하는 사회운동가이기도 했다.

또한 '정농正農' 정신으로 우리나라의 유기농업 운동에도 많은 공헌을 하였다. 유기농업과 관련한 여러 단체와 조직의 회장, 대학의 초빙교수로서 강의를 하고, 농정정책의 방향을 제시하는 등 유기농업의 선구자 역할도 했다.

한편 그는 틈틈이 사람과의 관계를 통해서 기운이 안 좋은 길흉을 점치며, 정농회 회원들 개개인의 안정과 행복을 위한 길잡이 노릇도 했다. 특히 도시에서 농촌으로 이주하여 농사짓고자 하는 귀농인들에게 농사짓기 좋은 곳, 집짓기 좋은 곳, 수맥이 있는 곳 등 빈틈없이 그냥 공짜로 알려주었다.

그러면서도 그는 여전히 동광원에서 경험한 아픈 환자들의 고통을 잘 알고 있었기에 아픈 이들과 장애인들을 돌보는 의사이기도 하였다. 그는 시골교회를 중심으로 장애인들을 돌보는 역할까지 맡으면서 살았는데, 정농회 모임을 통해 그의 이러한 모습을 종종 보게 되었다.

임락경은 정농회 안에서는 '돌팔이' 의사로 유명하다. 돌팔이이기에 의사 면허증이 없다. 물론 병원도 없다. 그렇다고 돈을 받는 것도 아니다. 그래서 그는 치료를 해주지 않는다. 이유는 의사 면허증이 없기 때문이다. 그런데도 아픈 이들은 그를 통하여 병이 나았다는 소식을 전해 듣고 임락경을 찾아온다.

그렇게 찾아오는 이유 중 하나는 그가 아픈 이들에게 교육을 하기 때문이다. 그 교육이 바로 '임락경의 건강교실'이다. 정농회서도 건강교실을 진행하였다. 그러다 보니 정농회 어른들을 비롯해서 회원들 중에 돌팔이 의사에게 병 고침을 받은 이들이 많다. 한편 정농회 건강교실에 참여한 환우들 중에서 정농회 회원이 된 분들도 많다. 그들은 지금 정농회 생산자들이 농사지은 농산물을 이용하여 건강을 회복하고 있다.

놀라운 일이다. 정농회는 희망이 있다. 그 중심에는 늘 돌팔이 임락경이 존재하기 때문이다.

그리고 보니 임락경은 가르치는 교육자이기도 하다. 가장 으뜸인 의사는 아마 치료가 아니라 병을 스스로 고칠 수 있도록 말해 주는 교육자가 아닐까 싶다. 임락경은 말한다. "아파 병원에 가서 포도주사(영양제 수액)를 맞지 말고, 살아서 정농하여 정농 포도 한 송이 먹고 죽는 것이 더 행복한 것"이라고 말이다.

그는 건강교실을 열면서 여전히 돌팔이 의사 행세를 한다. 가난한 이들과 아픈 이들의 벗이 되어 그들의 병을 고치고도 수강료를 가급적 적게 받기를 원한다. 물질의 풍요로 배부른 시대를 접하면서 가공된 생활과 오염된 음식으로 아픈 환자들이 늘

어나면서 임락경을 찾는 이들이 늘어나고 있지만, 그는 여전히 돈을 적게 받기를 원한다. 그래서 그도 돈 없는 가난한 자다. 정농회 연수회를 할 때에도 연수비를 적게 받을 것을 강조한다. 그러다 보니 정농회 연수는 늘 적자를 본다.

하지만 정농회 연수비 적게 받아 적자 보았다고 해서 정농회가 아직까지 빚진 적은 없다. 정농회 48년을 지켜오면서 시작부터 지금까지 그 중심에는 늘 임락경이 함께했다. 그래서 정농회는 희망이 있다.

임락경은 자신이 정농회 회장이 된 것이 자신의 생애 가운데 가장 명예로운 일이라고 했다. 그런 그는 분명코 '광대'다. 우리 시대의 아픈 이들, 가난한 이들, 그리고 사회적 약자인 장애인들과 늘 함께하며 먹고 마시며 함께 호흡하고, 때론 장구치고 꽹과리 치며 노래하고 춤추면서 농담農談을 하며 함께 웃고, 때로는 함께 울면서 그들의 애환을 달래주었다.

이러한 그의 행적이야말로 2천 년 전 이스라엘 갈릴래아 땅에서 가난한 자, 병든 자들과 함께 어울리면서 먹고 마시며 하늘나라를 선포했다는 성경 속 인물인 예수의 삶과 닮은 게 아닐까 한다. 이 시대에 예수와 같은 사람을 꼽으라면 나는 주저 없이 임락경을 꼽고 싶다.

하지만 그는 여전히 농사짓기를 원한다. 그는 이 땅의 농민이며 농부다. 삶의 근본 뿌리는 농업이기 때문이다.

제대로 촌놈

최정석

선교사, 오사카 이코이노 이에

오사카 돌파리가 진짜 돌파리 임락경 목사님을 만나 촌놈으로 돌파하는 이야기 한 번 짧게 해볼까 한다.

돌파리 임락경 목사님을 만난 건 1996년 여름, 서울의 어느 성당에서 있었던 바자회에서였다. 시골집 된장을 사고 임락경 목사님을 소개 받았다. 당시의 나는 1992년부터 1995년까지, 지금처럼 3개월 비자가 나오기 전에 15일에 한 번씩 오사카와 서울을 들락거리는 중이었다.

그 후 인연을 따라 돌파리 목사님 덕에 일본의 오사카 노동자마을에 오게 되었다. 그때 내가 살게 된 오사카 니시나리 지역의 한 식당에서 지금은 돌아가신 가나이 목사님이 오우라 씨 댁에서 채소를 공급받아 배식을 하고 계셨다. 가나이 목사님의 몸이 불편해지면서 내가 와카야마 농장에 다니게 되었다. 그런데 오우라 씨 댁에서 다시 시골집 된장을 만나게 되었다. 이런 희한한 인연이… 아니, 시골집 된장을 여기서 보다니…. 나는 놀라서 어떻게 이곳에 시골집 된장이 왔는지를 물었다.

오우라 씨는 일본 애농회와 한국 정농회의 한일교류회를 통해 된장을 받았는데, 한국의 시골집은 잘 모르신다고 하였다. 그런데 임 목사님은 아시는 것 같았다. 그리고 와카야마 농장에 '베데스다의 집'이라는 건물을 지을 예정인데, 혹시 가능하면 시골집 목사님이 들러주시면 좋겠다는 말씀을 하셨다. 내가 오사카에 오게 된 건 임 목사님 덕분이라고 소개하니, 가나이 목사님도 오우라 씨도 시골집에 가보기를 원해서 각자 다른 기회에 모시고 갔다.

또 다른 기회에 오우라 씨 부부도 시골집에 같이 가고, 임 목사님 회갑 때는 이누카이 목사님네 교회 신자들과 애진학교의 오다 선생님도 같이 시골집에 다녀오게 되었다.

이후 시마네현의 그리스도애진고등학교는 매년 시골집에

가서 돌파리의 잔소리를 듣게 되었다. 애진학교의 오다 선생님은 임 목사님과 같은 연세로 옆에 꼽사리 끼어서 같이 회갑연 한 것을 늘 자랑삼아 말씀하신다. 이미 우리가 가나이 목사님 모시고 가기 전부터 시골집에는 애진학교와 이누카이 목사님 사이에 인연이 있었다.

임 목사님이 일본에 오시면 오사카와 와카야마 농장에 와 주셔서, 나는 오우라 씨와 임 목사님 덕에 농사를 알게 되었다. 생전 처음 해보는 농사일인데, 마치 오래전부터 농사를 짓던 사람같이 지금도 농사짓는 흉내를 내고 있다.

'베데스다의 집'이 생기기 전에 임 목사님이 오셔서 빈터에 자란 잡초를 순식간에 제거해 주신 적이 있는데, 나는 그때까지도 낫 놓고 기역자도 모르는 농사 왕초보였다. 한 번은 오우라 아이코 씨가 내게 부추 밭에 있는 잡초를 뽑아 달라 했는데 부추를 잡초인 줄 알고 몽땅 뽑아버린 적이 있다. 매우 혼나고 나서 부추와 잡초를 구별하게 되었다.

그만큼 무지했던 내가 지금도 흉내뿐이지만 고추와 깻잎 농사는 해마다 하게 되었다. 모두 다 임 목사님 덕분이다. 농사가 이렇게 힘겹지만 세상 이치를 제대로 깨달아 가는 대단한 일이라는 것을 이제야 조금 맛보기로 알 뿐이다.

임 목사님을 뵐 때마다 '제대로 농사꾼', '제대로 돌파리'라는 생각이 든다. 마음으로는 늘 그리 생각하지만 한 번도 임 목사님께 말로 고마움을 전하지 못했다.

일본의 애농회와 한국의 정농회 사이에 매년 오가며 치르는, 한일평화교류회로 함께 금강산을 방문한 것은 특별한 경험이었다. 임 목사님이 여러모로 배후에서 지원한 덕에 꿈에만 그리던 '그리운 금강산'을 갈 수 있었다. 함께 갔던 모든 분들이 금강산 방문의 경험을 자신의 생애의 몇 안 되는 강렬한 추억으로 기억한다.

지금껏 정말 많은 한국과 일본의 지인들이 돌파리 목사님께 은혜를 입었다. 다들 감사함을 표현하고 싶어도 기회가 없었다. 이번에 짧은 글이지만, 그동안 말로 다하지 못한 감사함을 이렇게 표현하고 보니 여전히 다하지 못한 감사한 마음이 밀려온다.

목사님, 고맙습니다! 감사합니다!

촌놈을 만나 겪어보니

42년 전부터

성공회 사제, (사)함께걷는길벗회 이사장,
인천제물포밥집 운영자

첫 만남

1982년 4월의 어느 날, 한신대학교에 입학을 하고 한 달포
쯤 되었을까? 그날은 휴일이었던 걸로 기억한다. 오산 병점 양
산리 학교 앞 동네에 살고 있던 철학과 친구 Y, 그리고 근처에
살던 가톨릭농민회 간사 S선배와 함께 스쿨버스를 타고 경기도
장흥에 있는 귀일원을 찾아갔다.

국도에서 벗어나 시골길을 달린 뒤 도착한 그곳에는 머리를
산발한 곱슬머리 노총각이 있었는데, 참 독특하게 생긴 사람이
었다. 그때는 그분을 목사라고 부르지는 않았다. 우리를 데리고

170
사람, 임락경

간 선배는 그를 그냥 '락경이 형'이라고 불렀다. 락경이 형은 그때 크리스천아카데미 사건으로 고초를 겪은 후 그곳에서 요양 중이었으리라고 추측해 본다.

당시 스무 살이던 나는 대체 왜 네 명이서 45인승 학교버스를 빌려 타고 장흥까지 찾아가서 그를 만나는지 그 까닭을 알 수 없었다. 대체 이 사람이 누구길래 운전기사를 포함하여 네 명뿐인데 커다란 학교버스를 타고 방문하는지 의문스러웠던 것이다. 양산리에서 학교 버스를 타고 수원역을 지나 서울 시내를 통과하여 무악재 구파발을 거쳐 경기도 장흥 외딴곳까지 만나러 가야 할 그 사람에 대하여 누구도 말해 주지 않았기 때문이었다. 선배는 다만 "만나면 좋은 사람"이라고 말해 주었을 뿐이었다.

이윽고 차가 어느 농장에 다다랐다. 우리를 맞이한 것은 아담한 키에 만화 〈둘리〉에 나오는 마이콜 같은 곱슬머리를 한 사람이었다. 그로부터 받은 첫인상은 누추하다는 것이었다. 그는 허름한 옷을 입고 있었다. 좀 특별하다고나 할까, 이상하다고나 할까? 그에 대한 궁금함이 생겼다.

우리는 그이가 살고 있는 방으로 안내되었다. 신문지로 도

배를 한 바람벽에 '죽일 놈!!!'이라고 볼펜으로 겹쳐 쓴 글이 눈에 들어왔다. '죽일 놈'이라고 쓴 글씨 위로 화살표가 그려져 있었다. 그 화살표는 벽지 역할을 한 신문지 위로 한참을 올라가면서 구불구불 그려진 것이었다.

화살표 끝까지 따라가 보았다. 그 끝에는, 아 글쎄, '전두환 대통령'이라는 말이 들어간 신문 헤드라인 조각과 머리가 벗겨져 웃고 있는 대통령의 사진이 있었다. 그것을 보며 어린 마음에 괜히 쫄리기도 하고 은근히 속이 시원하기도 했다. 1982년 봄은 그런 시절이었다. 이 '죽일 놈'은 그 후 군부독재 치하의 어두운 대학생활 중 몰래 하고 다니던 나의 첫 '벽서'의 모델이 되었다.

두 번째 만남

나는 마흔 살이 되자 새로운 꿈을 꾸었다. 그 꿈의 실현지는 강원도 화천이었다. 내가 화천으로 귀농한다는 것은 1년 전까지만 해도 나조차 예측할 수 없는 일이었다. 2000년 초반 인천에서 복지법인을 설립한 후, 당시 나는 여러 개의 복지시설을 운영하고 있었다.

사람, 임락경

어느 날, 직원들과 속초로 겨울 수련회를 갔다. 말이 수련회지 지친 특수교사나 복지사들을 격려하고 쉬게 하려는 것이었다. 당시 나는 '섬김의 집'이라는 중증장애인 공동생활시설을 설립하고 7년째 장애인들과 함께 살고 있던 터였다.

속초에서 수련회를 마치고 우리는 시설별로 승합차에 나눠 타고 화천의 시골집으로 향했다. 사실 나 혼자만의 계획이었다. 그때 나는 장애인과 비장애인이 함께 어우러지는 바람직한 공동체 모델을 찾고 있었다. 노동과 기도를 슬로건으로 내세우고 빈자들과 장애를 지닌 사람들이 모여 행복하게 사는 낙원을 꿈꿨다. '혹시 시골집이 그 모델이 될 수 있지 않을까?' 생각하면서 시골집을 방문하였고, 이것이 임락경 목사님과의 두 번째 만남이 되었다.

우리를 맞이해 줬던 그 커다란 돌집이 생각난다. 강가의 둥근 호박돌을 모아 지은 집인데, 안에는 넓고 긴 통나무 식탁이 있었고, 거기에서 여러 장애를 지닌 사람들이 비장애인들과 함께 모여 된장국을 끓여 식사를 하고 있었다. 우리도 자연스럽게 그분들 사이에 껴서 밥을 먹었다.

시골집은 장애인과 비장애인의 차별이 없는 공동체, 필요한

촌놈을 만나 겪어보니

만큼 쓰고 능력만큼 일하는 집, 종교 활동에 대한 강제도 없고 생활비를 내야 할 의무도 없이 자유롭게 일하며 살아가는 곳이었다. '원시공산사회가 이런 곳이 아니었을까?' 하는, 그런 세상을 꿈꾸면서 꿈속의 상상을 현실로 만들어 가고 있는 곳을 찾아다녔었는데, '시골집이 그런 곳이 아닐까?' 하는 생각을 하게 된 것이다.

세 번째 만남

시골집을 방문하고 돌아온 후 3, 4년 동안 몸살을 앓았다. 그러다가 급기야 화천에 귀촌지를 결정하고 화천읍에서 10분도 채 안 되는 '가손이' 마을에 터를 잡았다. 땅을 마련하고 물을 찾기 위해 임락경 목사님을 찾아가서 물이 나올 만한 자리를 봐 달라고 청했다.

당신은 버드나무 가지를 꺾어 "응, 여기쯤 되겠네."라고 자리를 정해 주셨다. 그곳 주변에서 버드나무 가지가 마치 활처럼 휘었고, 그때 그곳을 파면 된다고 말씀하셨다. 그런데 결국 그곳에 파지 못했다. 업자가 꽤 큰돈을 요구했고, 그것을 맞출 말한 여력이 내겐 없었다.

아직도 20년째 계곡물을 받아 먹고 있다. 대공 파는 것이 그렇게 어려웠을까마는, 사실 계곡물을 걸러 먹는 게 내게는 훨씬 편했다. 물론 겨울엔 계곡물이 얼지만 말이다. 그때 임 목사님이 정해 주신 물자리는 아직 그대로 있다. 언젠가 여건이 좋아지면 대공을 파겠지만, 왠지 평생 대공을 팔 수 있는 여건이 마련될 것 같지는 않다.

네 번째 기억

해마다 8월 15일 광복절 어간이 되면 전라북도 남원의 동광원에서는 성경강습회가 열렸다. 요즘도 열리는지는 잘 모르겠다. 어느 해 광복절을 며칠 남기지 않은 때 모임에 처음으로 초대받았다. 임락경 목사님과 함께 그곳에 갔는데, 거기에서 좀 특별하게 사는 사람들을 만났다.

'맨발의 성자'라고 불리는 '이현필'에 관한 이야기도 들었고, '이세종'이라는 또 다른 '성자'가 있었다는 이야기도 접했다. 이 두 사람들이 마치 아씨시의 프란치스코처럼 살았다는 것도 그때서야 알게 되었다.

이현필은 전쟁고아들을 데리고 어렵게 살다가 본인도 결핵

175

촌놈을 만나 겪어보니

에 걸려 돌아가셨다고 들었다. 또 그의 정신을 따라 전쟁미망인들이 모여서 기도하고 찬송하면서 소박하게 사는 공동체를 이루며 살았다고 했다.

동광원은 개신교의 수도원 같은 곳이었다. 그곳을 지키고 생활하던 사람들은 독신으로 사는데, 다 '도인' 같았다. 임락경 목사님은 다석 유영모 선생의 시중을 들었다고도 했다. 그러니까 서양의 수도원이 동양의 모양으로 바뀐 게 '동광원'이라고 말할 수 있다.

화천에서 그런 꿈을 실현할 계획을 세우고 2004년에 실행에 옮겼다. '배머리'와 '가손이'에 커다란 한옥도 네 채를 지었고, 그곳에서 여러 사람들이 함께 살았다. 지금은 모두 철수했지만, 나는 아직 실패했노라고 말하지 않겠다. 나는 아직도 꿈을 꾼다.

다섯 번째 기억

임락경 목사님은 노래를 잘하신다. 노랫말에 대한 해석을 더 기가 막히게 하신다. 어느 날, 화천 가손이집 '심호재'에서 목사님을 모시고 〈한국의 영성가들〉이라는 강좌를 열었다.

강좌 수강생들은 나와 연이 닿는 성공회 신부들 예닐곱 명이었다. 그들이 모인 자리에서 임 목사님의 따발총 같은, 천재적인 노랫말 해설을 들었는데 너무 신기했다. 우리는 임 목사님의 달변에 모두 감탄했다. 그날 '돌파리'가 이치를 깨는 소리를 들었다.

나는 한 시간 정도 되는 지근거리에서 살았으니 목사님과의 사이에 꽤 많은 에피소드나 잊지 못할 기억이 있을 듯도 한데, 뭘 쓰려고 하니 잘 생각나지 않는다.

처음 뵀을 때 더벅머리 곱슬머리를 했던 임락경 목사님이 벌써 팔순을 맞으신다. 당시 스무 살의 어린 나이였던 나도 어느새 60을 훌쩍 넘겼다.

때론 멀리서, 때론 가까이서 지켜봐 왔던 임락경 목사님은 우리 곁에 온 '지장보살'이 아니었을까? 예수가 한국인으로 태어났다면 곱슬머리에 키가 작고 낡은 노동복을 입은, 우리 곁에 온 '초인' '임락경'의 모습으로 오지 아니했을까? …그런 생각을 해본다.

◀ 한주희와 목사님

▼ 2023년 겨울 임 목사님을 존경하는 사람들과 함께 중국 장가계 여행 중에

돌파리 소리를 듣고 보니

덕분에 별나게 삽니다

김미선

건강교실 참가 주부

저는 상주에 사는 김미선입니다. 29년 전에 아들이 백혈병에 걸렸습니다. 당시엔 항암제도 지금처럼 좋지 않았고 항암제 부작용이 너무 심해 엄청난 고통을 겪어야 했는데, 제 아들은 임시 퇴원도 한 번 못해 보고 10개월을 어린이 암 병동에서 살았습니다. 아이와 저에게는 악몽과도 같은 시간이었습니다.

퇴원하는 날, 아들이 살아서 병실을 나와 함께 세상 밖으로 나갈 수 있음에, 감사와 감동으로 얼마나 가슴이 벅찼는지 모릅니다. 퇴원 후 면역이 약한 아들은 수시로 찾아오는 감기와 잔병으로 인하여 건강한 아이들보다 몇 배 더 병치레를 하며 투병

하는 시간도 길었습니다. 저의 두려움은 너무나 컸고 마음 편히 지낸 날이 별로 없었습니다.

그런데 지금으로부터 17년 전, 유기농으로 농사지은 안전한 재료와 건강한 발효음식으로 자연 치유를 실천하시는 임락경 목사님을 만나게 되었습니다. 목사님의 가르침을 아이와 저에게 적용시켜 보니 건강이 좋아지기 시작했고, 더 이상 불안함과 초조함을 지니지 않아도 되어 삶이 평화로워졌습니다.

고맙고 감사한 마음을 표현하기 위해 1년에 네 차례 분기별로 상주에서 열리는 자연치유 건강교실에 10년 동안 봉사자로 함께하기도 했습니다. 그 당시 너무 좋아서 길을 가다가도 "하느님, 임락경 목사님을 만나게 해주셔서 감사합니다."라는 기도를 자주 드렸던 것으로 기억합니다.

그 아이가 자라, 지금은 자기가 닮고 싶은 아빠처럼 초등학교 교사가 되어 기쁘고 행복하게 살아가고 있습니다. 아들은 저로 하여금 '큰 병을 앓은 것이 자신이 하고 싶은 일을 하는 데 장애가 되지 않았다는 것이 얼마나 큰 복인가' 하는 만족과 행복을 느끼게 해줍니다.

목사님을 만난 지 얼마 지나지 않아 저는 자궁에 각각 5㎝,

7㎝ 되는 두 개의 혹이 있다는 판정을 받았습니다. 의사는 당장 수술을 하자고 하였지만, 저는 목사님께 상의한 후 수술하지 않고 목사님께서 가르쳐 주시는 자연 치유 방법을 택했습니다. 지금은 혹이 없다는 의사의 판정도 받았습니다.

또 남편이랑 여행을 갔다가 교통사고가 크게 났습니다. 차가 너무 많이 부서져 저를 못 꺼내어 119구급대가 와서야 차에서 빠져나왔고, 차는 그 자리에서 폐차를 시킬 정도였습니다. 병원을 세 군데나 옮기는 동안 의식도 없었고, 이미 다리와 팔은 부러진 데다 머리도 크게 깨진 상태였습니다. 병원에서 부러진 팔과 다리에 쇠를 박아 고정하고 일정 기간 머물다가 퇴원한 후, 저는 목사님이 일러주시는 방법대로 살았습니다.

지금은 1년에 한두 번 감기에 걸리기는 하지만 병원에 가지 않고 스스로 치유가 가능하며, 중국의 그 험한 차마고도車馬古道를 14일 동안 트레킹 할 정도로 건강하여 기쁘고 행복하게 살아가고 있습니다. 비록 예순다섯의 나이지만 고혈압, 당뇨, 관절염 약 없이 잘 살아가고 있습니다.

저는 임락경 목사님으로부터 건강에 관한 가르침을 받고 실천하며 살면서 '엉뚱한 데 시간과 기운을 빼앗기지 않았구나'라는 생각을 자주 합니다. 땅이 살아야 생태 환경과 먹을거리가 살아나고, 먹을거리가 살아야 사람의 몸도 살아난다는 것을 저는 고난을 통하여 온 몸과 정신으로, 그리고 체험적으로 알게 되었습니다.

가끔 사람들이 저를 보고 "별나게 산다", "아무거나 먹지, 천년 만 년 살래?"라고들 합니다. 그러나 여러분, 저의 길은, 죽어가는 네 살된 아들을 살리기 위해 하느님의 뜻을 찾고 기도하며 살아온 길이고, 죽을 목숨이 살아나 기쁨과 평화를 누리며 살아가고 있는 길이니, 제 경험에 조금은 귀를 기울여 주시면 좋겠습니다. 그리고 몸이 아파 고통 받는 분들에게 조금이나마 힘이 되었으면 참 좋겠습니다.

돌파리 소리를 듣고 보니

모두가 존경하는 시대의 어른

송채규

행정복지연구소 소장,
청운대 교수 역임

내가 임락경 목사님을 알게 된 것은 1998년경 강원도 화천 ○○사단에서 대대장을 할 때이다.

어느 날 봉사활동을 다녀온 아내가 임 목사님에 관한 이야기를 들려주었다. 그 이후로 지금까지 목사님과의 인연이 이어졌는데, 이 인연은 내가 기독교 신자이기 때문도 아니고, 그 흔한 학연, 지연, 혈연 때문도 아니다.

아내의 봉사활동 경험담을 듣고, 나는 그곳이 교회인지 봉사기관인지 구분이 안 될 정도였기에 호기심 반 기대 반으로 현장을 방문하게 되었다. 그리고 나는 더 구분이 안 될 또 다른 사실을 알게 되었다.

바로 지체장애인들 그리고 현대의학으로 치료가 안 된다는 환자들을 돌보며, 그들의 꺼져 가는 목숨에 새로운 생명을 넣어 주는 기적과 같은 활동을 하고 계신다는 사실이었다. 보고도 믿을 수 없는, 그래서 여러 번 방문할 수밖에 없었던 그곳. 그곳이 바로 강원도 화천 시골교회이다.

시골교회의 진실을 알게 된 것은 그 후 몇 년이 지난 어느 날, 임 목사님의 환갑에 초대되었을 때다. 그곳에 초대되어 방문하고 깜짝 놀랐다. 시골 허름한 교회의 목사님 환갑을 3일간 진행하고, 방문객이 1천여 명이나 되어 경찰과 헌병이 교통정리를 하는 진풍경이 벌어진 것이다.

그렇게 임 목사님의 진실을 알게 된 이후 우리 부부는 가끔 화천을 찾게 되었다. 그러다 2007년 말 내가 신장암 진단을 받고 죽음을 생각하면서 임 목사님과 의논하였고, '의식농동원(의료, 먹을거리, 농사는 한 뿌리다)'의 원리를 기준 삼아 치료해 나가기로 결정하였다.

그래서 일단 지인을 통해 서울대병원에 급하게 연락하여 어렵게 수술 일정을 잡고, 그 이후 아내의 과감한 결단으로 어려운 환경을 극복하면서 '식농'을 수년간 실천하였다.

우리 부부의 '식농'에 대한 실천은, 군병원에 약 10개월여를 입원하면서 100%에 가까운 자연식의 실천으로 이어졌다. 정농회 등 유기농 자연 농법을 적용하는 임 목사님의 지인들이 보내주시는 먹을거리를 가지고 병원부속 환자보호자 숙소에서 아내가 헌신적으로 음식을 해주었다.

그 기간 동안 나는 먹을거리에 대한 기록을 하였고, 병원에서 혈액검사 결과와 일치되는 경험을 하면서 더욱 임 목사님의 처방을 신뢰하였다. 그렇게 우리는 현대의학에서 정한 5년 기간을 무사히 넘기었고, 그 이후로도 임 목사님과 인연을 계속 이어가며 '의식농동원'의 원리를 지켜오고 있다.

임 목사님과 처음 대면한 상황을 정확히 기억할 수 없지만, 목사님께서 어려운 환자들과 함께 살아온 삶을 지켜보면서, 저 위대한 시골 목사님 환갑잔치의 추억을 떠올리며 매년 목사님의 생신과 칠순잔치에 참여하였다.

이제 팔순을 맞이하시는 임 목사님의 건강을 기원 드리며 그 높은 뜻과 정신을 새기고자 내 투병의 기억과 목사님에 대한 감사의 마음을 기록으로 남긴다.

회생

심부덕

건강교실 참가 주부

"안녕하세요? 목사님! 저는 ○○○씨 소개로 전화 드리는 심부덕입니다. 저는 65년생이고 유방암 2기 초기로 지금은 항암주사 1회를 맞고 투병 중입니다. 투병 중인 많은 이들이 목사님을 만난 후 건강하게 되었다고 들었는데, 저는 어떻게 해야 할까요?"

"나를 만나야지!"

"저는 항암 중이라 너무나 기운이 없고 제가 사는 곳에서 먼 곳에 계신다고 들었는데요."

"그래도 와야지. 살려면 지구 끝이라도 찾아와야지!"

"네에…."

'당신이 예수님이라도 된다는 말인가? 마치 당신을 만나면 당장 나을 것처럼 말씀하시네. 혹시 모르지, 하느님께서 그분을 통해 나를 낫게 해주실지.'

2013년 3월 중순, '태초에'라는 단체가 주최하고 목사님께서 강의하시는 건강교실에 언니의 도움으로 참여하게 되었다. 당시 나는 항암 1회차 치료를 마친 후 머리가 많이 빠져 삭발을 했기에 머리에 가발을 쓰고 참석했는데, 마치 폭탄을 맞은 듯 머리는 멍하고 기운은 하나도 없고 가족력 때문에 죽을까 봐 두려움이 온 몸과 마음을 지배한 허수아비 같은 상태였다.

건강교실에 늦게 신청한지라 우리는 숙소 방이 아닌 대강당 한 켠에 요를 깔고 자야 했는데, 난방을 하는 것 같았지만 너무나 추웠고, 잠을 자려 하니 마치 허허벌판에 덩그러니 누워 있는 듯한 기분이었다. 옆에서 자매들의 코고는 소리와 여기저기서 들리는 기계음들이 나를 짓눌러 한숨도 잘 수가 없었다.

게다가 화장실이 밖에 있었는데, 그때 나는 어린아이와 같은 상태여서 한밤중에 혼자서 밖으로 나갈 수가 없었다. 미안한 마음에도 곤히 자고 있는 언니를 겨우 깨워 가야 했다.

"언니야! 나 화장실 가고 싶어!"

"으응? 가자. 진즉 깨우지 그랬어?"

곁에서 함께 아파해 주는 언니가 있어서 얼마나 따스했는지! 화장실에 갔다가 들어와 자리에 누워 자려 하니, 건강교실을 주최하는 자매들이 모여서 성공적인 건강교실을 위해 기도하는 소리가 들려 또 잠을 깨고 말았다. '이들은 이렇게 기도하는구나.' 천주교 신자인 나는 이들의 기도가 생소하게 느껴졌다.

아침이 되어 본격적인 건강교실 일정이 시작되었다. 녹두죽을 먹고 목사님 강연을 듣기 시작했다. 간간이 목사님의 아재개그에 배시시 웃기도 하고, 나와 같은 환자들과 함께 동지애도 느끼기 시작했다. 음식도 조금씩 더 먹게 되었고, 하루가 지나니 기운이 조금 생겼다. '동병상련'이라고 했던가?

나보다 더 심한 상태의 환자 그리고 건강해 보이는 이들과 함께 2박 3일을 지냈다. 다행히 마지막 날은 장작불을 땐 방에 끼어 잘 수 있어서 좋았다. 막연한 마음으로 건강교실에 들어왔을 때와는 달리 퇴소하는 날은 더 기운이 났고, 마음도 훨씬 가벼워졌다.

그러한 기분과 몸 상태도 잠시, 집에 돌아오니 가혹한 현실이 기다리고 있었다. 항암을 하는 환자가 간병인 없이 고등학교 2학년생과 대학생인 두 아들 그리고 남편의 밥을 챙겨야 하는 암 환자의 여정이 다시 시작된 것이다.

게다가 자연식을 해야 한다니! 집에서 가까운 마트에는 계절과 국적을 잃어버린 화려한 과일과 채소가 유혹하고, 항생제와 성장호르몬으로 키운 육류와 먹기 편한 가공육이 즐비하며, 화학 처리된 식용유와 식품첨가제, 인공색소, 인공감미료, 방부제 등으로 만들어진 간식거리들이 가득한데, 여기에서 무얼 골라 어떻게 요리를 해먹으면서 투병할 것인가?

건강교실에서 배운 대로 막상 식탁을 채우려 하니 요리 가지 수가 줄어들고 몸과 마음에 허기가 들고, '가장 손쉬운 건 고기인데!'라는 생각이 들기 시작했다. 항암 치료 중인 환자는 잘 먹어야 항암 치료를 받을 수 있다고 의료진은 충고했었다.

아이들은 학교에 가고 남편은 일하러 나간 후 덩그러니 혼자 남아 침대에 누워 외롭고 두려운 시간을 보내곤 했다. 가끔 베란다에 나가면 큰길 사거리가 보이는데, 거기에는 활기차고 바쁘게 오가는 이들이 있었다. '나도 이전엔 저들의 무리 속에 있었는데 다시 되돌아갈 수 있을까?'라는 생각이 들었다. 나의 시간과 몸은 멈춰 있는데, 세상은 마치 아무 일도 없는 듯 잘만 돌아가고 있었다.

항암 치료를 하는 6회 동안 병원에 가서 주사를 맞기 전에는 된장을 물에 풀어 마셨고, 병원에서 돌아와서는 꼭 녹두죽을 먹었다. 아침에 일어나면 소금으로 양치를 하고 따끈한 꿀물을 마셨다. 그 시기에 가장 안심하고 든든하게 먹을 수 있었던 것이 목사님의 꿀이었다.

항암주사를 맞은 후 일주일간은 제대로 먹지도 움직이지도 못하고, 많은 시간을 침대에 누워 멍하니 천장만 바라보고 있었다. 항암 중인 환자의 특성인 극심한 피로와 불면증에 밤을 지새워야 했고, 방안에서 40도의 따끈한 물에 10여 분이 넘도록 족욕을 해도 추위에 떨 만큼 차가운 몸이었다.

아이들에게 너무 미안한 나머지 눈물이 날까 봐 아이들과 눈도 못 맞추고, 남편이 퇴근해 돌아오기만을 기다린 세월! 고맙게도 남편은 나의 모든 투정을 온전히 다 받아주었고, 밤이면 아이들을 데리고 나의 치유를 위해 기도해 주었다.

엄마가 아파서 죽을까 봐 무서웠을 텐데 아빠와 함께 묵묵히 기도하면서 더 의젓해진 아이들! 내가 오늘에 이르게 한 힘의 원천이었으리라!

나름 열심히 성당을 다녔지만, 하느님에 대한 원망과 두려움에 기도를 할 수가 없었다. '내가 이렇게도 나약한 신앙인이었나? 그동안 나는 무슨 기도를 하고 왜 성당에 다녔나?' 너무나도 부끄러운 신앙인이었다.

어느 날 용기를 내어 나의 상황을 고해소에서 신부님께 고백했다. 신부님께서는 지금 그 고통의 시간을 헛되이 보내지 말고 하느님께 봉헌하여 나와 같은 처지에 있는 이들을 위해 공덕을 쌓는 귀한 시간으로 값있게 보내라고 하셨다. 아! 이 말을 들었을 때의 그 위로란! 나약한 신앙인으로 부끄럽기만 한 나의 시간이 누군가를 위한 귀한 시간이 된다니! 너무나 큰 위로를 받고 비로소 하느님 앞에 앉아 기도할 수 있었다.

항암 중 먹을거리에 대한 몇 가지 웃픈 에피소드가 있다.

한 번은 카레가 먹고 싶어서 가족이 먹을 것과 구분하여 작은 냄비에 고기를 넣지 않고 내가 먹을 것을 요리해 두었는데, 그것을 모르는 남편이 먹어버린 것이다.

"어? 여기 놔둔 카레 어디 갔지?"

"내가 먹었는데?"

사람, 임락경

"…!"

"똑같은 것 아니었어?"

"그건 내 거야! 고기 안 넣은 것!"

눈물이 왈칵 쏟아졌다. '야속하게 그걸 먹어버리다니!' 남편은 "미안해"라며 어찌할 바를 몰랐다. 카레 한 그릇에 남편까지 몸 둘 바를 모르게 하고 나 자신은 눈물까지 흘리다니, 참으로 사람은 음식과 고통 앞에서 이렇게도 나약한 존재이던가?

항암주사를 맞은 후 3주차에 들어서면 컨디션이 많이 좋아진다. 그럴 때면 가까운 야산에 자리 잡은 공원에 산책을 다녔다. 한 번은 벤치에 앉아 쉬고 있는데, 가까운 정자에 서너 명의 여인들이 옹기종기 모여 싸온 도시락을 먹고 있었다.

내 맞은편에 있는 여자가 상추쌈을 해서 입을 크게 벌리고 먹는 모습이 보였다. 순간 나는 너무나 맛있게 보여 침을 꿀꺽 삼키며 속으로 말했다.

'아! 너무 맛있겠다! 주님, 저도 저렇게 먹고 싶네요!'

다음날 아는 언니에게서 연락이 왔다. 1층으로 내려와 보라기에 내려갔더니, 세상에나! 그 언니는 직접 기른 상추라며 쌈용, 비빔밥용, 겉절이용 등 다양하게 한 바구니에 담아 상추를

193

돌파리 소리를 듣고 보니

나에게 내미는 것이 아닌가? 나는 그것을 받고는 부리나케 한 달음에 계단을 뛰어올라와 상추를 씻어 몇 장의 상추에 밥과 쌈 장을 올리고 야무지게 싼 다음 어제 본 그 여자처럼 입을 크게 벌리고 마구 먹었다. 입안에 든 것을 다 삼키기도 전에 나는 혼 자말로 중얼거렸다.

"주님, 너무 맛있네요! 제가 하는 소리를 들으셨군요! 감사 합니다!"

자연식 덕분에 빠진 머리카락이 일반 환우들보다 까맣게 되 고, 숱도 점차 많아져서 짧은 커트머리를 하고 안색도 좋아지니 제법 사람 꼴이 되어갔다.

그즈음 또 한 번 건강교실에 참여했다. 목사님의 강연도 회 를 거듭하여 들으니 매회 업그레이드되었고, 복습을 하는 기회 로 삼을 수 있으니 귀에 쏙쏙 들어왔다. 잘하고 있다는 확신과 용기를 다시 얻고 일상생활에 복귀할 수 있었다.

앞서 상추를 가져다 준 언니의 권유로 조그마한 터를 빌려 주말농장을 하게 되었고, 제철마다 나는 싱싱하고 안전한 채소 로 투병생활을 잘할 수 있었다. 몸이 차가워 병이 났다는 목사 님의 진단에 따라 몸을 따뜻하게 하는 뿌리식품(마늘, 생강, 양파,

도라지)을 이용하여 건강교실에서 배운 이론으로 매끼마다 요리를 하려 애썼다.

평소 단맛과 고소한 맛이 나는 음식, 그리고 씹기 편한 음식, 목사님 표현으로는 '놀부 밥'에 길들여진 입맛을 쓴 나물과 질긴 채소, 꼭꼭 씹어야만 맛을 느낄 수 있는 통곡물 '흥부 밥'으로 식단을 바꿔 가야 했다.

살아야겠다는 일념으로 처음엔 제한적이나마 잘 골라 먹었지만 3개월이 고비였다.(나중에 안 사실이지만 어떤 이론에 따르면, 실제로 우리 혀는 3개월이 지나면 그 음식의 맛을 잃어버리게 되고, 먹고 싶다는 생각이 드는 건 단지 그 음식에 대한 기억 때문이라고 한다.) 그동안 참아왔던 것들이 떠오르면서 '고기를 먹어야 고른 영양식으로 치료를 잘 받을 수 있다'는 내적·외적 유혹을 떨치기가 참으로 어려웠다.

시중에 판매되는 고기를 먹고 불안에 떨 것인가? 참은 김에 더 건강교실의 이론으로 마음 편하게 투병을 할 것인가? 내면에서는 늘 갈등하고 있었던 것이다. 게다가 기운이 없어 힘들어하는 나를 가까이서 보는 가족마저 "골고루 먹는 게 최고야, 다 그렇게 먹고 살아!"라고 말하는 걸 듣는 게 가장 큰 유혹이었다.

돌파리 소리를 듣고 보니

친구들과 모임이라도 할라치면 화려하게 차려진 식단에서 밥과 된장국에 김치와 나물 정도만 골라먹어야 하는 처지란! 어찌어찌 6개월이 지나니 식재료의 선택과 요리, 외식에도 요령이 생기고, 모임에서도 양해를 구하는 방법을 터득하여 차츰 '슬기로운 투병생활'을 하게 되었다.

그러한 유혹들을 넘어가니 예전의 맛을 그리워하던 혀의 습관이 조금씩 편해지며, 옆에서 누가 고기를 구워도 먹고 싶어 침을 삼키는 일이 없을 정도가 되었다.

동물성 단백질은 목사님의 소개로 전남 여수에서 나오는 국산 해산물로 보충하였다. 그리하여 '고기를 먹지 않는 암 환자는 먹을 것이 없다'는 암 환자의 식단이 일반인의 식단보다 더 다채롭고 풍성하여 격이 높아졌다. 이제 안심하고 배부르게 먹을 수 있게 된 것이다. 입맛이 더 예민해져 음식 고유의 향과 맛이 잘 느껴지고, 자연의 맛에 매료되어 갔다. 그 본연의 맛을 몸에서 매우 반가이 맞아주는 느낌이 들었고, 소화 흡수도 점점 잘 되어 갔다.

나에게도 어릴 적 추억이 담긴 음식이 많은데, 그중 한 가지는 아버지께서 막내인 나를 장터에 데리고 가서서 당신은 막걸리 한 잔으로 허기를 채우면서도 나에게는 꼭 사주셨던 장터국밥이다. 그 맛은 가끔 건강교실에 가면 어디선가 공수하신 자연식 고기로 맛볼 수 있다. 지금은 자연스럽게 먹고 싶은 음식이 떠오르고, 혹여 해로운 것이 들어가면 팔다리에 조그만 두드러기로 경고를 해주는 건강한 몸이 되었다. 아프기 전보다도 더 건강한 상태가 되었다는 말이다.

어쩌면 하느님께서는 계절과 지역에 맞는 다채롭고 다양한 먹을거리로 인간을 살리시는지!

하느님께서 말씀하시기를, "이제 내가 온 땅 위에서 씨를 맺는 모든 풀과 씨 있는 모든 과일 나무를 너희에게 준다. 이것이 너희의 양식이 될 것이다."(창세 1: 29)

"당신 거처에서 산에도 물 대시니, 땅은 당신이 내신 열매로 가득하옵니다. 가축을 위하여 풀이 나게 하시고, 사람을 위하여 나물 돋게 하시나이다."(시편 104 :13~14)

더불어 그것을 하늘의 이치와 원리에 맞게 환자들에게 적용시켜 이 힘든 암을 극복하는 방법을 안내해 주시는 임락경 목사님의 사랑과 지혜에 또 감탄을 금할 수가 없다. 모든 것을 창조하신 하느님, 그것을 인간에게 이롭게 활용하는 지혜를 알게 해 주시는 목사님! 참으로 감사드립니다.

마지막으로, 절망에 빠져 고통스러워하는 많은 환우들이 하느님의 손길인 자연식을 통해 치유되고 회복되어 일상에서 하느님 찬미의 생활을 지속하기를 바라 본다.

사람, 임락경

임 목사님께 드리는 편지

양동기
제주도 선흘리 농부, 교사 퇴임

먼저 목사님의 팔순八旬을 축하 드립니다. 고르지 못한 날씨에 평안하신지요?

처음 뵙고 인사드린 것이 엊그제 같은데 벌써 18년 전의 일입니다. 2006년 정초에 남양주 수동면의 감리교교육원 내 산돌학교 강당에서 열린 정농회 총회 및 건강강좌에서 목사님을 처음 뵈었습니다.

그곳에서 주보를 한 달에 두 번 육필로 직접 쓰고 보내주시던 《민들레교회 이야기》를 발행하는 북산 최완택 목사님을 뜻밖에 만나 더 큰 기쁨이었습니다. 그 이후 수동의 산돌학교에서 세 번, 양산의 개운중학교 그리고 상주와 홍성의 농업교육관 등에서 목사님 강의를 제 가족과 친우를 동반해서 여러 번 들었습니다.

그 무렵 어느 해 여름엔 박영호 선생님의 지도로 유영모 선생님의 가르침을 따르던 다석학회 회원 분들과 함께 화천의 시골집에서 열린 수련회에 참석하였고, 거기서 저는 손수 농사지으며 사시는 목사님의 모습을 볼 수 있었습니다.

그 후에도 자주 뵐 기회가 있었습니다. 가끔 제주에 오시면 연락 주셔서 만남을 이어갈 수 있었던 것은 저와 제 가족 모두의 기쁨이기도 했습니다.

목사님은 한결같이 건강을 주제로 말씀하셨지만, 사실은 우리 삶 전체에 대한 깊은 통찰과 시대정신을 놓치지 않으시는 뛰어난 혜안을 펼치셨습니다. 그뿐만 아니라 우리 시대의 뛰어난 선각자와 영성가에 대한 일화를 매우 생생하게 전해 주셨습니다. 다석 유영모, 오방 최흥종, 방림 이현필, 현재 김흥호, 여해 강원룡 등 어른들과 한명숙 총리, 김근태 장관, 김성훈 장관, 신인령 총장, 이현주 목사, 법륜 스님 등 헤아릴 수 없을 만큼 많은 목사님의 친구들에 관한 이야기를 들을 수 있었습니다.

특히 건강교실 가운데 새벽에 찜질방으로 땀 빼러 가는 중에 들려주신 앞의 여러 어른들과 연관된 일화 그리고 그분들의 특이한 모습을 재현하시는 모습을 잊을 수가 없습니다.

그중에도 단연 압권은 다석 선생의 자세 그리고 다석 선생이 강의하시는 음성과 어조를 재현해 주시는 것이었는데, 이것은 제게 너무 경이롭게 보였습니다. 뜻있는 어떤 분이 목사님이 건강하실 때 동영상이라도 찍어두면 귀중한 역사적 자료가 될 텐데, 하는 바람을 가져봅니다.

지난 해 말에 저의 집에 오셨을 때 그동안 목사님께서 지으신 책을 모두 보여드렸는데, 모든 책에 '毒出汗尿(독출한뇨)'라고 친히 써 주셨습니다. '이 세상에 오셔서 남기는 한마디'라는 말씀과 함께.

목사님은 즐겁게 사는 것보다 기쁘게 살기를 주창하십니다. 즐거움은 도가 지나치면 독이 되지만, 기쁨은 내면의 충만함과 함께 이웃에게도 선한 영향을 줄 수 있는 기운이라고 하십니다. 언제나 함께하시는 한주희 목사님의 말씀처럼, 목사님은 미소가 신비하기도 하지만 늘 흥이 넘치십니다.

목사님은 널리 알려진 동요나 가요에 온갖 건강 처방과 사회의 이슈를 절묘하게 대비시키는 '노래 가사 바꿔 부르기'의 천재이시기도 합니다. 또 목사님이 주도하여 모든 행사 뒤에 펼치는 뒤풀이는 몸의 건강뿐만 아니라 마음과 영혼의 상처까지 확 날려 보내는 신명나는 한마당 잔치여서 모두를 기쁨으로 충만하게 이끄는 마법이 있습니다.

제가 느끼는 목사님에 대한 존경의 마음은 끝이 없지만, 그중에서도 으뜸은 열 살 무렵에 농사짓는 농부의 길이 세상에서 가장 중요하고 소중한 일이라는 깨달음을 얻으시고는 평생을 그대로 한눈 팔지 않고 한걸음으로 사신 것입니다.

앞으로 여생도 건강하게, 소망하시는 삶을 기쁘게 사시길 빕니다. 지금까지 참말로 고마웠습니다. 감사합니다.

내가 만난 임락경

오영숙

목사, 화성 그루터기장애인복지시설

땡볕에 길가는 나그네가 커다란 고목나무 하나 만나면 참 반가울 것 같다. 지친 몸 쉬며 흐르는 땀 닦아내고 고목에 기대어 한숨 쉬어갈 수 있다면 길 나설 만하지 않을까. 나에게 임락경 목사님은 그런 기대고 싶은 고목이다. 몸과 마음 지칠 때 아무 생각 없이 찾아가 쉬고 싶은 고목.

뭐 그렇다고 반갑게 반겨주는 것도 아니다. 그냥 웃으며 "왔어?" 하면 그만이다. 무엇을 하라는 것도 하지 말라는 것도 없다. 푸념하면 푸념하는 대로 "으흠~ 으흠~" 하며 들어주신다. 나도 자주 가는 것은 아니다. 어쩌다 갔다오면 마치 친정 다녀온 새댁처럼 친정을 향하여 마음이 서성인다. 몸은 가지 못하는

돌파리 소리를 듣고 보니

데 마음은 늘 가고 있다.

내가 목사님과 인연을 맺은 것은 신학교를 다닐 때다.

어느 날 건강에 관한 강의를 하러 오셨는데, 강의실에 들어오신 분은 시골 아저씨 같은 분이셨다. 강사로 오신 목사님은 요즘 관절염 환자가 급증하는 이유에 대해 설명하신 것 같다.

30년도 넘게 세월이 흘렀으니 내 기억을 믿을 수는 없지만, 지금 이 시대에 예수님이 오시면 "기름(식용유)을 먹지 말고 나를 따르라!"라고 하실 거라고 말씀하신 것 같다. 우리 몸에 독소가 들어오면 급하게 독을 해독해야 해서 연골 생성하는 일을 뒤로 미루어두기 때문에 관절이 아프다는 것이다.

'아! 저 말이 맞다!'라는 생각이 들었다. 그때 내 무릎관절이 안 좋았던 탓에 그것만 기억난다. 사람은 자기가 기억하고 싶은 것만 기억한다는 말이 맞는 것 같다.

그 뒤로 튀긴 음식, 기름 많이 들어간 음식, 외식 등을 되도록 멀리하며 살았다. 지금은 소아마비 환자가 거의 없지만 내가 어릴 적에는 심심치 않게 있었는데, 부모님 말씀에 의하면 나는 소아마비 예방접종을 한 후 병에 걸렸다고 한다. 그러니 다리 하나는 여벌이고, 실상은 다리 하나에 온 체중을 싣고 산다.

사람, 임락경

망가졌어도 진작 망가졌을 것이다. 그런데도 내 나이 올해 칠순인데, 무릎 관절이 그런대로 쓸 만하다. 그분 말씀 따라 '흥부의 먹을거리'로 먹으려고 노력한 덕분이라 생각한다.

목사님께서 남양주에서 강의하실 때라 기억된다.

딸아이가 대학 다닐 때 위가 심하게 안 좋았다. 위장약을 먹고 있는 상태에서 딸을 데리고 강의에 참석했다. 아이의 위가 이렇다고 말씀드렸더니, 그 이튿날 아침에 꿀을 반 컵이나 주시며 "이거 먹어." 하신다. 아이는 빈속에 꿀을 먹고 속 아파 죽는다고 배를 움켜쥔다. 그리고는 약봉지 버리고 지금까지 잘 지내고 있다. 그 후로 딸은 나보다 더 목사님을 신뢰한다.

완벽하지는 못해도 먹을거리에 꽤 신경을 쓰며 산다. 그분 말씀대로 살라치면 생활에 불편함을 감수해야 하는 게 많다. 전자레인지 쓰는 게 몸에 좋지 않다 하시기에 강의 듣고 돌아온 즉시 버려버렸다. 10년이 훨씬 넘게 지키고 있으니 나도 나를 칭찬하며 산다.

그러니 어쩌다 정읍 사랑방에 갈라치면 목사님 땜에 고생이 말이 아니라고 너스레를 떤다. 그 말은 목사님 덕분에 유리그릇 같은 사람이 병원 문턱 들락거리지 않고 이만큼 잘살고 있다는 역설을 포함하고 있다.

얼마 전 일이다.

마비된 다리뼈가 쑤셔 깊은 잠을 들기가 힘들었다. 병원에 간다고 해도 진통제 처방밖에 더 있겠나 싶은데, 나는 여간 급하지 않으면 양약을 먹지 않는다. 목사님께 전화를 했다. 그랬더니 0.1초도 안 걸리고 술에다 소 쓸개를 먹으라 하신다.

저녁시간이 다 되어서 어디 가서 소 쓸개를 사야 할지도 모르겠고, 예전에 염소 쓸개를 냉동실에 두었는데 그거 먹어도 되냐고 여쭤 봤더니, 무슨 쓸개든 쓸개만 먹으면 된다 하신다. 그래서 포도주에 타서 먹고 그날 밤 그대로 깊은 잠을 잤다. 그리고 뼈 아픈 것이 끝났다.

누가 믿겠는가? 너무나 신통방통하지 않은가? '의술의 신' 화타가 와도 이보다 더하겠는가? 이런 이야기는 끝이 없다.

임락경 목사님은 선각자이고 선지자이다.

우리나라는 1970년대부터 산아 제한을 정책적으로 시작했다. '아들딸 구별 말고 둘만 낳아 잘 기르자', '잘 기른 딸 하나 열 아들 안 부럽다' 등의 슬로건을 내걸었다. 그때 목사님은 산아 제한을 반대하셨단다. 미국이 무제한 이민자를 받아

들일 때 우리가 이민 가서 주 정부 하나쯤 접수하면 된다고 주장하셨단다.

그런데 지금은 어떤가? 많은 혜택을 주면서 출산을 장려해도 저출산을 막을 기미가 보이지 않는다. 심각한 문제다. 길거리나 공원 같은 데서 보면 유모차에 아기 대신 강아지를 태우고 다닌다. 아기 만나기가 참으로 드물다.

성서 이사야서에 이런 말씀이 있다.

자라나기를 연한 순 같고 마른땅에서 나온 줄기 같아서 고운 모양도 없고 풍채도 없은즉 우리 보기에 흠모할 만한 아름다운 것이 없도다. (53:2)

예수님의 실제 외모를 표현했는지 십자가상의 모습을 표현했는지 나는 알 수 없다. 그러나 그는 십자가로 생명의 문을 열어주셨다. 그 문 안으로 들어가면 생명이 있다. 그러나 모두가 따라갈 수 있는 길은 아니다. 그 길은 나를 버리는 자만이 갈 수 있는 길이다.

임락경 목사님은 흠모할 만한 곳이 없다. 그러나 그분은 모든 생애를 통해 그리스도의 삶을 엮어내셨다. 예수님 주변에 병든 자들이 모여든 것처럼 목사님 주변에도 병든 자들이 모여든다. 생명을 살리는 데 주력했고, 사람살이의 근본이 되는 땅을 살리자고 외치셨다.

지금 이 시대에는 기후 변화 때문에 우리 모두 두려워한다. 지금이 5월 중순인데, 강원도에는 눈이 내렸고, 남쪽에는 폭우가 쏟아졌다. 나는 이것이 단순히 자연재해라고 생각하지 않는다. 사람의 탐욕이 만들어낸 불가피한 인과응보라고 본다. 심었으니 거두는 것이 순리 아니겠는가?

우리 모두는 안다. 무엇을 해야 하고 무엇을 하지 말아야 하는지. 그러나 실천하지는 못한다. 왜인가? 편리함을 놓을 수가 없어서이다. 그런데 임락경 목사님은 할 수 있다. 아니, 하고 있다. 그분처럼 살면 기후 변화를 막을 수 있다. 코로나 팬데믹 이후로 배달음식 쓰레기가 하룻밤에 산 하나는 족히 만들어내지 않을까 추측해 본다. 그분처럼 살면 이런 문제는 걱정하지 않아도 된다.

먹을거리 잘 먹어 병들지 말라 하시고, 우리의 근본인 땅에 독한 약 뿌려 죽이지 말자고 외치신다. 말로는 그리스도를 전할 수 있다. 그러나 몸으로 전하는 것은 쉽지 않다. 이분을 만나는 사람들이 그의 삶을 본받아 그리스도를 엮어내는 삶이 되었으면 좋겠다는 생각을 해본다.

내가 이 글을 쓸 수 있는 것은 더 없는 영광이지만, 행여 목사님께 누가 되지 않을까 조심스럽다. 그저 철없는 누이가 제멋대로 끄적거렸다고 너그럽게 봐주시기를 간청한다.

▲ 캐나다 여행 중 가족들과 함께

no 人

임락경과 함께한
시간을 돌아보니

보고 싶은 얼굴 초라한 모습

김민해
목사, 사랑어린마을배움터 촌장,
《풍경소리》엮은이

1.

임락경 목사님을 생각하면 가슴이 먹먹해 옵니다. 가끔씩 눈물이 나요. 그 까닭은 알 수 없습니다. 그냥 가슴이 먹먹해지고 눈물이 나요. 그런데 곧 웃음이 절로 지어집니다. 당신이 생각나면 떠오르는 노랫말이 있어요.

이 세상 어딘가엔 남이야 알든 말든
착한 일 하는 사람 있는 걸 생각하라
마음이 밝아진다.

이 세상 어딘가엔 탐욕과 분심 눌러

얼굴이 빛나는 이 있는 걸 생각하라

마음이 맑아진다.

이 세상 어딘가엔 청빈을 감수하고

덕행에 힘쓰는 이 있는 걸 생각하라

마음이 씻기운다.

이 세상 어딘가엔 하늘을 애경하고

이웃을 돕는 사람 있는 걸 생각하라

기뻐서 눈물난다.

– 박희진 〈이 세상 어딘가엔〉

이 노래를 부르고 있노라면 붓다께서 말씀하신 천상천하유
아독존天上天下唯我獨尊의 삶이 흘끗 보입니다. 살아 있는 모든 것
을 내 몸처럼 어버이처럼 여기며 사는 삶. 달라이 라마 뗀진 갸
쵸께서 "오직 중생의 행복을 위해 사는 사람, 보리심菩提心을 일
으켜 이타행利他行을 하는 사람이 공空을 제대로 이해하고 수행
하는 사람이다."라고 하셨는데, 당신을 뵐 때면 그와 같은 사람
의 모습이 그려져요.

뒤늦게야 알게 되었는데, 목사님께서도 이 노래 〈이 세상 어딘가엔〉을 제일 좋아하신다고 들었습니다. 으흠~ 그럼 그렇지, 고개가 절로 끄덕여졌어요. 이 노래는 1970년대 새로운 세상을 꿈꾸며 살던 사람들이 만날 때마다 부른 노래랍니다. 몇 해 전 따님 결혼 축하연 때도 모두 함께 불렀던 기억이 새롭네요.

목사님이 생각나면 마음이 밝아집니다. 마음이 맑아져요. 마음이 씻기고 기뻐서 눈물이 나요.

2.

20년 전 목사님 회갑을 맞아 삼인출판사 홍승권 아우가 『촌놈 임락경의 그 시절 그 노래 그 사연』이라는 책을 펴냈습니다. 그 책의 첫 노래로 〈이 세상 어딘가엔〉이 실려 있지요. 이 책에서 하신 목사님의 소리를 잠깐 들어보겠습니다.

그들은 자기들의 선이나 사랑을 밖으로 나타내려 하지 않는다. 억지로 누르며 살아야 할 탐욕도 분심도 없다. 빛내야 될 얼굴도 없고, 감수할 청빈도 없다. 하느님을 섬기고 있노라고 시끄럽게 떠들지도 않고, 이웃 사랑이니 가족 사랑이

사람, 임락경

니 형제 사랑이니 외치지도 않는다. 자기들은 하느님을 섬기고 있노라고 나타내는 교회도 사원도 없다. 우리같이 신앙을 갖고 살자는 포교나 전도도 하지 않는다.

있는 듯 없는 듯 보일 듯 말 듯 하면서 감추려 하지도 않고, 또 드러내려고 하지도 않는다. 감출 것도 없고 드러내 놓을 것도 없다. 더욱이 자기의 신앙을 의복으로 나타내려고 거추장스러운 옷을 안 입는다.

그들은 흘려야 할 눈물도 없고, 밖으로 드러내는 기쁨도 없다. 무심히 오고 무심히 간다. 그들은 진인眞人다운 진인이다. 진인은 있으면 따뜻해서 좋고, 없으면 시원해서 좋다.

당신은 이와 같은 참사람의 삶을 어떻게 아셨을까요? 어떤 힘이 목사님을 이렇게 살게 하였을까요? 무위당无爲堂 장일순 선생님을 알게 되면서 '이분의 삶의 근원은 어디에 있을까?'라며 끊임없이 질문했던 때가 떠오릅니다. 아무개가 물었어요.

"선생님께서 사회운동에 눈을 뜨게 된 것은 누구의 영향입니까?"

장 선생님께서 말씀하셨지요.

"조부님 그리고 내게 글을 가르쳐주신 차강 박기정 선생, 해월 최시형 선생이었어요… 1946년에 수운 최제우와 해월을 알게 되었지요. 영원한 세계, 이 땅에서 행복하게 살 수 있는 말씀들을 다 가지고 있더라구요. 그렇게 되니까 이 쑥배기가 함부로 갈 지(之) 자를 못하겠더군요."

장일순 선생님처럼 임 목사님도 10대부터 최흥종, 이현필, 류영모 등을 모시고 사셨고, 지금도 채현국 할배, 여성숙 선생님의 삶을 나누고 계시지요. 신인령 선생은 『그 시절 그 노래 그 사연』의 추천 글에서 다음과 같이 썼습니다.

목사님은 다른 농민들과 조금 구별되는 점이 있다. 이분은 자연을 돌보는 농민일 뿐 아니라 버림받은 사람들을 돌보는, 구체적으로 사람의 생명을 돌보는 농민이고, 지금까지 한결같이 그 일을 하고 계신다.

임 목사님은 부모들이 힘들어서 맡긴 비장애인이나 신체적·정신적 장애인들과 자식들이 모시지 못하여 갈 곳 없는 노인들을 가족으로 맞아들여 돌보면서 환갑에 이르렀다… 허명虛名을 날리며 동분서주하는 사람들이 들끓는 이 황량한 세상에, 아무에게도 자랑함이 없이 평생 힘든 일을 묵묵히 해오신 임 목사님. 많은 사람들이 목사님의 보살핌과 나눔 철학에 가까이 다가가기를 소망해 본다.

그렇게 사신 세월이 20년이 지났습니다. 그 나날들 동안 나는 무엇을 하며 어떻게 살았을까요.

3.
목사님은 『우리 영성가 이야기』 개정판에서 "이 책은 훌륭한 사람들을 찾아 열거하고 있다. 세 분을 제외하고 직접 만나서 교훈을 받았던 분들의 이야기이다."라며 한 말씀을 얹으셨어요. 이 책에서 목사님은 특유의 톤으로 유쾌하고 통쾌하게 이야기를 들려주십니다.

'사람이 무엇을 먹느냐가 건강을 결정하고, 누구를 만나느냐가 인생을 결정한다.' 내가 하는 말이 아니고 임실에 사시는 심상봉 목사님께 들은 말씀이다. 추가하면 '어디에 사느냐'에 따라서 건강과 인생관이 달라질 수도 있는 법이다.

어디에 사느냐? 나는 태어나서 주로 변두리에서 서성거리며 살고 있습니다. 지금 살고 있는 순천시 해룡면 하사리는 목사님 께서 점지해 주신 곳이죠.

먹는 것은 당신을 뵙고 완전히 달라졌어요. 나의 건강이 결 정되어 버렸습니다. 식용유가 들어간 음식을 먹지 않은 지 오 래고, 제철 따라 나온 먹을거리 그리고 될 수 있으면 우리 동네 에서 나온 것을 먹으며 살지요. 무엇보다 해월 선생의 삼경三敬, 곧 경천敬天, 경인敬人, 경물敬物 정신의 이치를 이해하게 되었습 니다. 이 인연은 목사님을 '사랑어린마을배움터' 스승님으로 모 시게 된 큰 계기가 되었지요.

나아가 나의 인생관이 새로워졌어요. 그중 하나는 목사님을 뵌 뒤로 '목사이지만 목사가 아닌' 삶을 살고 있는 것입니다.

전라도 강진에 있는 어느 교회에서 목회를 하고 있던 어느 날 목사님을 모셨어요. 목사님께서 "목사는 강단에 있을 때만 목사지." 하며 스치듯 한 말씀 하셨습니다. 이 말씀은 목사들이 강단에서 내려와서도 목사 행세를 하고, 심지어는 밖에 나가서 도 대접받으며 거들먹거리는 것에 대한 일침一針으로서 제게는 따끔하게 다가왔습니다.

사람, 임락경

그 말씀과 더불어 당신께서 그러하시듯 옷 입는 것까지 하나하나 닮아가고 있지요. 그러면서 다시 묻게 됩니다. 당신은 이와 같은 삶을 어떻게 아시고 그렇게 살아가신 겁니까?

4.

목사님을 뵌 지 얼마 지나지 않아 목사님을 모시고 신안에 가게 되었습니다. 목사님은 된장을 담글 때 필요한 소금을 미리 구해 놓으려고 강원도에서 출발하여 전라남도 신안에 있는 염전을 직접 찾아가는 길이었어요.

이른 새벽부터 동행했던 그날을 잊을 수가 없습니다. '이렇게 정성을 들여 된장을 만들다니!' 염전 주인이 일어날 때까지 트럭 안에서 함께 기다리며 목사님께서 들려주신 이야기는 정말 맛깔났어요. 물론 오가며 불러주신 노래도.

처음 듣는 이야기 하나.

"두 종류의 선비가 있어. 집 선비와 길 선비. 집 선비는 오막살이 집 짓고 청렴결백하고 가난한 집안 자녀들 글 가르쳐주고 궁합 봐주고 어린애 낳으면 이름 지어 주고 병나면 침 놔주고 돈 받지 않고 약 가르쳐주고 집 지으면 집터 봐주고 초상나면

no人 임락경과 함께한 시간을 돌아보니

묏자리 봐주고 제사 때 축문 써주고 지방 써주고…. 집집마다 숟가락젓가락 몇 개인지 다 알아. 그런데 집 선비가 못하는 게 하나 있지. 양반의 부조리를 말할 수 없어. 그 마을에서 살아남으려니까. 집도, 가족도 없이 전국을 누비는 선비를 길 선비라 부르지. 이들은 밤늦게 집 선비를 찾아와 이야기를 듣고 이곳저곳 다니면서 양반의 부조리를 말해 버려. 바른말 했다고 붙잡으려 하면 6미터를 뛰어. 세도 있는 양반집 담장이 5미터거든. 잡으러 쫓아오면 축지법 쓰며 달아나지. 그런데 길 선비가 모르는 게 있어. 그 동네 날씨를 몰라. 옛날에도 집 선비와 길 선비가 서로 오갔던 마을은 건강했어. 요즘 세상 같으면 신부와 스님이 길 선비인데, 그 역할을 제대로 하지 않으니 집 선비 같은 목사들이 고생을 했지."

이 말씀을 들으며 웃음도 나고 눈물도 찔끔거렸습니다. 두고두고 세상살이에서 내가 할 역할에 대해 깊이 생각해 보게 되었습니다.

된장과 관련한 이야기가 하나 더.

전라도 광주에 눈이 펑펑 내리는 날이었어요. 관옥 이현주 목사님께서 어느 교회에서 사경회를 인도하고 계신 날이었습니다. 임 목사님께서 찾아오셔서 "된장 봉지에 들어갈 글씨를 넣어야 하는데"라며 이 목사님께 그 글씨 부탁을 드리는 거예요. 그리고는 금세 가시는 겁니다. 아니, 이 한 말씀 부탁하려고 눈 내리는 빙판길에 트럭을 몰고 오셔서 곧장 가신단 말인가. 나에게 이와 같은 놀라움은 한두 번이 아닙니다.

관옥 목사님께서 동학사 언저리에 살고 계실 때였어요. 임 목사님께서 노란 봉투를 들고 오셔서 서류를 꺼내시더니 지방 정부에 낼 문건이라며 관옥 목사님께 문안 수정을 부탁하시는 겁니다. 잠시 잠깐, 그 두 분의 모습을 바라보는 나에게 알 수 없는 깊은 감동이 일었어요. 아, 참으로 아름다운 풍경이었습니다. 입이 있어도 말할 수 없는, 언어도단言語道斷이에요. 하~!

5.

목사님께서 10년 전 『우리 영성가 이야기』를 펴내시면서 하신 첫 말씀이 이랬습니다.

자기를 위해 살면 즐겁다. 자기 가족을 위해 살면 더욱 즐겁다. 먹는 것 즐겁고, 자는 것 즐겁고, 노는 것 즐겁다. 이성

관계는 더욱 즐겁다.

즐거움은 오래가면 병이 된다. 맛있는 것 많이 먹으면 병난다. 오래 자도 병난다. 이성 관계 오래가면 한평생 고치기 힘든 병 얻는다.

자기나 자기 가족 외에 다른 이들을 위해 살면 기쁨이 있다 한다. 기쁨은 오래가도 병이 나지를 않는다. 있던 병도 고쳐진다. 나는 기쁘게 살다 가신 분들의 이야기를 많이 들었고 그분들을 보고 자랐다.

어느 날 배움터에 오셨을 때도 똑같은 말씀을 하셨습니다. '아하, 즐거움[樂]과 기쁨[說]은 이렇게 다르구나! 어릴 때부터 듣고 보고 자라면 되겠네!' 하며 무릎을 쳤습니다.

왜냐하면 한동안 천방지축으로 먹고 마시고 즐기며 세월을 보냈는데, 살다 보니 이게 아니에요. 이렇게 살아서 뭘 하나 싶은 깊은 회의가 들었습니다. 그런데 딱히 답은 없고… '아하, 이러다가 사람들이 우울증에 걸리고 자살을 하고 그러겠네. 그럼 어떻게 살아야 하지?' 하고 질문을 하며 지내고 있는데, 이와 같은 말씀을 듣게 된 것이었거든요. 내가 그렇게 살지 못한 이유를 명료하게 알게 되었습니다.

당신은 "하늘을 애경하고 이웃을 돕는 사람이 있는 것만 생각해도 기뻐서 눈물 난다. 하지만 내가 직접 하늘을 애경하고 이웃을 돕는다면 기뻐서 눈물이 나지 않고 기뻐 춤출 수 있을 것이다. 내가 한평생 느낀 이야기이다."라고 하셨지요.

목사님을 뵈면 뵐수록 '태어나면서부터 아는 사람[生而知之]이 있다던데, 내가 시방 그 한 사람을 보고 있구나.' 하는 생각이 들 때가 많아요. 그런데 거기에서 그치지 않고 임 목사님은 누구보다 '배우고 익히는 것[學而知之]'에 부지런하십니다. 목사님은 "사람들이 나보고 어떻게 그렇게 다 기억하냐고 그러는데, 내가 얼마나 노력하는지 모르고 하는 소리야."라고 말씀하십니다.

그뿐 아니라 '여러 삶의 경험에서도 배우는 사람[困而學之]', '참으로 위대한 학생이구나' 하는 마음이 들어요. 공자님도 말씀하셨잖아요. "배우고 때때로 그것을 익히면 또한 기쁘지 아니한가? 친구가 먼 곳으로부터 찾아온다면 또한 즐겁지 아니한가? 남들이 알아주지 않더라도 성내지 않는다면 또한 군자답지 아니한가?"[子曰, 學而時習之 不亦說乎? 有朋自遠方來 不亦樂乎? 人不

知而不慍 不亦君子乎?]

이 자리를 빌려 죄송만만한 말씀을 드려야겠습니다.

지난날 목사님께서 한국에 농사학교를 세워보자 말씀하셔서 풀무학교 아무, 산돌학교 아무와 같이 밥을 먹으며 약속을 하고 백수건달인 내가 먼저 들어가 사는 게 좋겠다는 청을 받았는데, 지금까지 이렇게 눌러앉아 있어 무어라 드릴 말씀이 없습니다. 다만 그 뜻이 곧 이루어지기를 빌 따름이에요.

회갑연 때 목사님께서 "앞으로 어떤 노망을 할지 궁금하다." 하시며 "생사를 잊고 살다 가는 것이 노망이다. 노망하는 이들에게는 죽음도 없다. 남은 날 동안 노망 잘하려고 노력하련다." 라고 하신 말씀, 지금도 살아 있지요?

목사님, 스승님. "어떤 스승을 만나느냐, 어떤 종교를 만나느냐에 따라 그 사람 인격이 바로 서고, 정신도 바로 차리고, 지옥도 가고 극락도 가고 천국도 갈 수 있는 것이다."라고 말씀하셨잖아요. 사람 몸을 입고 와서 목사님 뵙고 기뻐 눈물이 나요. 기뻐 춤추시는 목사님, 스승님. 보고 싶은 얼굴, 초라한 모습.

사람, 임락경

임락경 목사님과 생명의 노래

도법 스님
남원 실상사 주지

고요한 산사의 아침이다. 텅 빈 절 마당을 무심하게 서성거리다 극락전 내 방으로 돌아왔다. 조금은 멍청스럽게 눈을 껌뻑거리며 임락경 목사님에 대한 기억들을 떠오르는 대로 들추어본다. 기억들이 선명하진 않다. 하지만 대충 자연스럽게 떠오르는 대로 따라가노라면 재수 좋게 아귀가 잘 맞아떨어지지 않을까 하는 마음이다.

귀농운동본부장 여류 이병철 선생, 사랑어린학교 김민해 목사, 강릉 한살림의 목영주 선생 등으로부터 목사님에 대한 이런

no人 임락경과 함께한 시간을 돌아보니

저런 이야기를 들었다. 그리고 '생명평화 탁발순례'를 다니면서 목사님이 운영하시는 시골교회에 방문했을 때부터 실제적인 만남이 시작되었다. 그 이후 생명평화 활동을 하는 이런저런 자리에서 직접 만나고 이야기를 듣는 인연들이 이루어졌다.

지금 흐릿한 기억들을 차분하게 더듬어 보면, 누군가로부터 목사님에 대한 이야기를 들을 때에도 그렇고, 현장에서 직접 만나 살펴봤을 때도 그렇고, 유쾌 통쾌하게 직접 들은 이야기 내용들도 그렇고, 저절로 터져 나오는 건 감탄, 감탄이었다.

'참으로 놀랍다', '눈이 번쩍 뜨인다', '눈앞이 환해진다', '고개가 절로 끄덕여진다', '와!' 하고 감탄했던 기억들이 뚜렷하게 떠오른다. 도대체 왜 '와!' 하고 공감하고, 왜 '와!' 하고 감탄하게 되었을까? 글쎄 잘 모르겠다. 하지만 기억도 더듬어 보고 자료도 더듬어 보면 실마리가 풀리게 될 것이라는 마음이다.

기억을 떠올려 보니, 예상대로 처음 나타난 대표적인 얼굴이 '촌놈'이다. 이어서 '농사꾼', '시골교회', '돌파리', '빈자들의 목회자', '해고 노동자', '홀로 사는 노인', '장애우들의 좋은 친구', '시골집', '입양아들의 부모', '시골 예수', '시골 도인' 등의 호칭들이 떠오르는데, 이것들은 인연 따라 만들어져 사용되고 있다. 임 목사님의 특징을 잘 보여주는 이름들이다.

임 목사님의 인생 살림살이에서 나타나는 천의 얼굴을 불교적인 언어로 바꾸면 어떤 내용이 될까? 아마도 천의 손, 천의 눈으로 뭇 생명들을 돌보시는 관세음보살, "중생이 아프니 나도 아프다"라고 설파한 유마거사, "일체의 걸림이 없는 사람은 그 한 길에서 생사를 벗어난다"라고 무애의 노래를 부르고 춤을 추며 천촌만락을 누비고 다녔던 원효대사의 살림살이하고 제법 잘 어울린다고 할 수 있다.

같은 맥락에서 '물'을 소재로 한, 직접 경험되고 확인되는 이야기를 옮겨 본다.

잘 알고 있듯이 물이 연못에 들어가면 연꽃을 피운다. 논에 들어가면 벼를 자라게 한다. 밭에 들어가면 고추를 붉게 한다. 물이 실상사 절 마당에 들어오면 산수유가 노란 꽃을 피운다. 저 산 너머 약수암으로 올라가면 붉은 감 홍시를 만든다. 저 멀리 반야봉으로 올라가면 숲을 푸르게 한다. 물의 물다움은 연꽃을, 벼를, 고추를, 산수유 꽃을, 홍시를 그리고 푸르른 숲을 빛나게 할 때 드러나고, 거기서 물 자신도 빛난다.

임 목사님의 인생 살림살이도 '이웃을 내 몸처럼 사랑'함으로써 덩달아 자신도 신비로, 기적으로, 불가사의로 빛나고 있음을 잘 웅변하고 있다. 참 좋은 일이다. 이쯤에서 좀 더 실제적인 이야기를 하고 싶다.

우리 모두가 코로나19 때문에 전전긍긍하기 시작할 무렵의 어느 날이다. 사랑어린학교의 김민해 목사로부터, 〈이별 꽃〉이라는 주제로 이야기 마당을 펼치려고 하는데 같이 했으면 좋겠다는 요청이 왔다. 별 생각 없이 알았노라고 대답했다. 그 뒤 얼마쯤 지나 약속한 날 사랑어린학교로 찾아갔다. 이야기 마당을 여는 첫 순서가 동요를 함께 부르는 것이었다.

냇물아 흘러흘러 어디로 가니~

강물 따라 가고 싶어 강으로 간다~

강물아 흘러흘러 어디로 가니~

넓은 세상 보고 싶어 바다로 간다~

이런 노래를 함께 불렀다. 아무런 준비도 없이 무작정 갔었는데, 마침 동요 가사가 이별이나 죽음과 연결시켜 이야기하기에 안성맞춤이었다.

그때 무슨 이야기를 어떻게 했는지는 잘 모르겠다. 확실한 것은 임 목사님이 그때 그 자리에 함께 계셨는데, 함께 부른 동요를 당신이 만들었노라고 말씀하셨다는 것이다. 물론 대중들 안에서 콩이야 팥이야 하고 설왕설래들이 좀 있었다. 하지만 금세 〈이별 꽃〉 주제와 연결시켜 흥미진진하게 이야기를 나눌 수 있었다. 나 개인적으로는 무척 의미 있고 유익하고 보람찬 자리였다.

그 인연으로 그날 나누었던 내용들을 종합하고 압축해서 온 우주의 우리 모두가 함께하여 전개하고 있는 생명 활동을 불교의 사유 방식으로 이야기할 수 있도록 하려고 〈생명의 노래〉를 만들었다. 임 목사님 덕택에 이 노래가 탄생하게 된 것이다. 이 자리를 빌려 감사하는 마음으로 노래 가사 전문을 옮긴다.

냇물아 흘러흘러 어디로 가니
강물 따라 가고 싶어 강으로 간다.

강물아 흘러흘러 어디로 가니
넓은 세상 보고 싶어 바다로 간다.

바닷물아 흘러흘러 어디로 가니

하늘나라 가고 싶어 구름이 된다.

구름아 흘러흘러 어디로 가니
고향 동네 그리워서 빗물이 된다.

빗물아 흘러흘러 어디로 가니
동네 친구 만나려고 냇가로 간다.

냇물아 흘러흘러 어디로 가니
강물 따라 가고 싶어 강으로 간다.

강물아 흘러흘러 어디로 가니
넓은 세상 보고 싶어 바다로 간다.

두루두루 감사하는 마음으로, 도법 두 손 모음.

사람, 임락경

촌놈 돌파리 임락경 형

이병철
시인, 생명운동가

촌놈

임락경은 영락없는 촌놈이다. 생김새와 말투가 그렇다. 만나 보면 다 안다. 어쩌면 말투만 들어도 알 것 같다. 그래서 굳이 명함에 자신의 별호를 '촌놈'이라고 쓸 필요가 없다.

목사답지 않은 목사

임락경은 목사다. 그 자신은 목사라는 것을 내세우지 않을지 모르나, 사람들은 대개 그를 '목사'라고 부르고 그렇게 대우한다. 나는 '목사'라고 하는 이들을 좋아하지 않는다. 특히 자신을 '목사'라고 내세우는 이들과는 상종하기를 원하지 않는다. 내겐 그런 이들이 뻔뻔한 사기꾼 비슷하거나 아니면 신 지핀 것처럼 보이기 때문이다.

물론 이것은 나의 사적인 생각이다. 그리고 내 안에도 내가 거부하는 이런 성향들이 자리잡고 있으리라는 것을 부인하지 않는다. 내 안에 이런 성향들이 없다면 내가 만나는 이들에게 이런 것들을 투사하여 볼 수 없을 것이다. 그럼에도 나는 여전히 누가 자신을 '목사'라고 소개하면 그 사람을 물끄러미 바라보게 된다.

내가 좋아하고 존경하는 '관옥' 사형(이현주)도 목사이다. 사형은 내게 자신이 목사라는 사실을 지난 수십 년 동안 한 번도 내세운 적이 없지만, 일전에 만났을 때도 나는 형이 목사라는 것 자체가 못마땅하다며 투덜댄 적이 있다. 그때 사형이 내게 들려준 일화가 나 자신의 그러한 선입견을 돌아보게 하였다.

어느 사찰 법회에 초대되어 사형이 말씀을 전하게 되었다. 그때 사회 보는 이가 사형을 아무개 목사라고 소개하기에 자기는 지금 이 자리에서는 목사가 아니라고 했다는 것이다. 목사란 교회 신도들과의 관계에서만 성립하는 정체성을 가리키는 말인데, 교회 신도들이 아닌 부처님 제자들과의 관계에서는 성립될 수 없는 말이기 때문이라고 했다는 것이다.

학교 선생이란 학생과의 관계에서 성립된 상대적 정체성임에도 불구하고 이를 학생이 아닌 일반인과의 관계에도 적용하여 아무에게나 선생 노릇을 하려는 이들을 종종 보게 된다. 이는 자신이 한순간의 필요에 따라 썼던 '페르소나persona(가면)'를 자신의 정체성의 전부라고 믿기 때문에 나온 행동이라고 할 수 있겠다.

그런 점에서 보면 우리가 자신을 누구라고 내세우는 그 모든 것이 하나의 '짓', '역할'에 지나지 않음에도 불구하고 그 짓과 역할로 썼던 가면을 자기 자신과 동일시하는 것이리라. 아무튼 늙어 가면서 더욱 경계해야 할 것은 이른바 '선생질', '성직자질' 등 가르치려고 하거나 대접받으려고 하는 것일 성 싶다. 그 가운데서도 '목사질'이 가장 심각한 문제인 것 같다.

사형이 들려준 이 일화는 그 자체가 내겐 하나의 커다란 법문이었고, 사형이 목사인 것에 대한 나의 불평은 순전히 내가 지어낸 하나의 '상象'에 불과한 것임을 일깨워 주는 것이었다.

가만히 생각해 보니 촌놈 임락경이 내게 자신을 '목사'라고 내세운 적은 없는 것 같다. 내가 촌놈을 간혹 "임 목사님!" 하고 불렀던 적이 있었던 것은, 내가 스스로 그렇게 한 것이다. 촌놈 임락경이 세상의 연배로 나보다 네 살 위이고, 관옥 사형하고도 서로 벗하는 사이이니, 이제부터 호칭을 '촌놈 형'이라고 쓰기로 한다.

전형적인 돌팔이

촌놈 형이 '돌팔이'라는 것은 세상이 다 아는 일이고, 스스로도 당당하게 이를 내세우기도 한다.

그가 낸 책 가운데는 『돌파리 잔소리』(호미, 2001년) 라는 책도 있다. 물론 촌놈 형이 주장하는 돌팔이는 일반적인 의미의 돌팔이가 아니다. 그래서 그는 '돌팔이'란 용어 대신 '돌파리突破理'라고 쓴다. 그러나 내게는 그런 주장 또한 돌팔이들의 전형적인 자기합리화처럼 들린다.

세상의 돌팔이들은 대개 그들만의 전형적인 특징이 있는데, 가장 주된 특징은 자기 경험에 대한 절대적 확신과 이의 일반화이다. 이것은 논리학에서 '성급한 일반화의 오류'라고 부르는 것으로, 한마디로 말한다면 '견강부회牽强附會' 식의 합리화인

사람, 임락경

데, 그 정도가 강할수록 급수가 높고 치유의 효과도 더 커진다고 믿는다는 것이다. 내가 이리 말하면 '네가 무얼 안다고 그렇게 함부로 말하느냐!'고 할 수 있겠지만, 나도 이 분야에 대해선 오랫동안 관심을 가져왔고, 세상에 내로라 하는 돌팔이들을 제법 많이 알기 때문에 이렇게 말하는 것이다.

촌놈 '임돌파리'는 그런 돌팔이들 가운데서도 상당히 급수가 높은 돌팔이에 속한다. 그만큼 그는 자신의 경험을 하나의 이론(이런 경우는 지론持論이라고 하는 것이 맞겠다)으로 발전시켜 단순한 합리화를 넘어 절대화까지 나아가고 있다.

이런 점에서 그가 믿음의 사나이라는 것이 여실히 드러난다. 임돌파리가 과연 신심이 투철한 목사라는 것이 느껴지는 것이다.

임락경의 이런 지론과 치유법을 믿고 따르는 많은 사람들이 실제적인 치유 효과를 보고 있다. 이는 그의 지론이 타당하기 때문이기도 하고, 촌놈 형에 대한 믿음이 효력을 발생시키기 때문인 것 같다. 그가 사람들로 하여금 이런 믿음을 갖게 하는 바탕에는, 그의 말과 삶이 다르지 않고 비상한 기억력과 말솜씨가 함께하기 때문이라는 생각이 들 때가 많다.

촌놈 형의 기억력은 정말 비상하다. 이 분야에 있어서는 타인의 추종을 불허한다. 이런 비상한 기억력을 바탕으로 엮어내는 말솜씨 또한 대단하다. 듣고 있으면 절로 '그렇구나' 하고 공감하게 된다. 그의 용모와 비상한 기억력과 '구라빨', 목사라는 직업, 그리고 말과 일치하는 삶 등이 촌놈 임돌팔이의 치유력이고 '성가聲價'이다.

'돌팔이가 사람 잡는다'는 말이 있는데, 이와 달리 촌놈 임돌팔이는 사람을 살리는 돌팔이, 진정한 돌파리라고 할 수 있다.

나는 그런 임돌파리의 주장과 지론에 대부분 동의하고 공감한다. 나의 이러한 동의와 공감은 이른바 '현대 의료 체제의 한계와 문제점'에 대한 인식을 그와 함께하고 있기 때문이다. 특히 현대 서양의학의 세계관, 말하자면 세계와 건강과 생명에 대한 현대 서양의학의 근본적인 관점에 동의할 수 없다는 점에서 우리가 일치하기 때문이기도 하다.

이런 면에서 보면 임돌파리의 지론과 처방은 '대체의학 alternative medicine' 또는 '자연의학'의 한 분야라고 할 수 있다. 그러나 더 적당한 표현은 '민중의학' 또는 '생활의학'일 것이다. (나도 이 분야의 하나인 '자연건강 지도사'이고, 녹색대학을 만들 때 대

사람, 임락경

학원 과정으로 자연의학과를 개설하기도 했었다.)

　'민중의학자' 임돌파리가 강의나 저술 또는 임상(또는 생활 현장)에서 내세우고 적용하는 여러 요법과 처방들은, 현대 서양 의학에서 놓치거나 해결하지 못한 여러 만성질환이나 난치병에 효과가 검증되고 있다는 점에서, 그리고 나이 80에 이르기까지 그 한 길을 고집스럽게 굳건히 걸어오신 것에 깊은 감사와 성원을 보낸다.

　촌놈 형과 첫 만남의 인연과 기억

　나는 촌놈 형을 깊게 알지는 못한다. 우리는 크게 보면 같은 길을 걸어왔음에도 불구하고 구체적 현장은 서로 달랐기 때문이다. 특히 내가 교회 쪽과는 인연도, 관심도 없었던 까닭에 촌놈 형이 목사가 된 경위나 까닭에 대해서, 그리고 그의 믿음에 대해서도 내 나름으로만 어렴풋이 짐작할 따름이다.

　내가 아는 것은 그가 동광원에서 오래 생활했고, 그곳을 세우신 이현필 선생을 스승으로 오래 모셨다는 것, 그리고 강원도 화천의 '시골교회'에서 아픈 이들과 함께 공동체살이를 했다는 정도이다. 그러나 농민운동가로서 그의 삶에 대해서는 오랜 경험을 통해서 잘 알고 있다. 특히 정농회나 귀농운동본부와의 관계에서 볼 때 우리는 농민운동의 동지라 해도 좋겠다.

내가 촌놈 형을 처음 만난 것은 1970년대 중반(76년경?), 강원용 목사님이 이끄시던 크리스천아카데미 농촌지도자과정 2기(또는 3기)에 참여했을 때이다.

주지하듯이 유신정권이 그악스럽던 그 시절, 우리 사회의 가장 중요한 투쟁은 반군부·반독재 투쟁이었다. 군부독재의 청산은 학생, 지식인들만이 아니라 농민과 노동자 등 생활 현장의 민중들에게 있어서도 중요하고 절실한 투쟁 목표가 될 수밖에 없었다.

당시 크리스천아카데미는 현장 민중지도자들에게 이러한 투쟁에 대한 이론과 방법들을 체계적으로 학습시키고 이를 바탕으로 현장을 조직화하는, 사실상의 반공개半公開적인 의식화 교육기관 또는 강습소였다고 할 수 있다.(주로 독일의 사회민주주의 노선에 토대를 둔 이러한 형태는 당시 군부의 관점에서 보면 매우 급진적이고 위험하게 비쳤다. 나중에 이를 빌미로 '아카데미간첩단'이란 조작사건이 발생하기도 했다.)

이 농촌지도자 과정에 촌놈 형이 어떤 계기로 참석했는지는

사람, 임락경

모르지만, 그때 나는 촌놈 형을 어느 시골 마을에서 농민운동을 하는 동지라고만 생각했다. 그때만 해도 나는 이른바 '빵잽이' 학생운동권 출신으로 세상 무서운 것이 없는 듯 설쳐대던 때라 촌놈 형과 깊은 교분을 갖지는 못했다.

촌놈 형과 가깝게 만나게 된 것은 1996년에 내가 시작했던 귀농운동, 특히 '생태귀농학교'를 통해서였다. 당시 '귀농'이란 단어는 사회적 의미를 갖기 전이었고, 더구나 환경단체들조차 제대로 내세우지 않았던 생태적 가치를 전면화한 '생태귀농운동'은 매우 낯선 것이었다.

그래서 나는 생태귀농운동의 농촌 쪽 파트너로, 유기순환적 세계관에 입각하여 건강과 생명을 위한 유기농업을 구현하려는 목적을 갖고 설립된 정농회正農會와 함께하게 되었다. 그렇게 생태적 가치를 실현하는 농사법으로 정농회의 농사법을 가르치고 권장했다. 그리고 귀농한 이들도 자연스럽게 현장에서 정농회의 회원으로 가입하게 되었다.

이 시기에 마침 촌놈 형도 정농회의 중심 일꾼으로 참여하고 있었기에 자연스럽게 다시 만나게 되었던 것이다. 그리고 자립하는 삶을 위해서는 식의주食衣住와 함께 자기 건강을 스스로 돌보는 것이 필요하다는 인식 아래, 생태귀농학교가 개설한 〈생활건강강좌〉에 촌놈 임돌파리 형이 중심 강사로 참여하게 되면서 우리는 본격적으로 함께 일하게 되었다.

촌놈, 시대의 인물

사람이 80까지 살아왔다는 것이 대단한 일이라는 것을 나 자신이 80에 가까워질수록 더욱 실감한다. 평균 수명이 엄청나게 늘고 노령화가 심각한 사회문제로 대두되고 있지만, 한 개인의 생애라는 관점에서 본다면, 한 사람이 세상에 태어나 80의 노인이 되기까지 살아왔다는 것은 생의 모든 주기를 통과했고, 그 과정을 체험했다는 의미이며, 마침내 온전한 마무리의 단계에 접어들었다는 것이다.

이를테면 인생의 사계四季를 모두 거쳤다는 것이고, 인생을 하나의 열매로 비유한다면, 꽃으로 피었다가 진 자리에 맺혔던 작은 열매가 병충해와 궂은 날씨 등 온갖 풍상을 견뎌내고 마침내 완숙한 과일로 익어 절로 떨어질 때가 되었다는 것이다.

어쩌면 '인생이란 경험하는 것이 그 전부'라고 말할 수 있을지 모른다. 이 경험에서 인생의 지혜가 형성되는 것이다. 그런

점에서 볼 때에도 80까지 살아온 인생에 존경을 보낼 가치와 의미가 충분하다고 생각한다.

올해 촌놈 형이 인생의 그 팔순을 맞이했다. 그 이유 하나만으로도 축하할 이유는 충분하다. 여기에 다른 의미를 하나 보탠다면, 그의 팔순의 생애, 그가 걸어왔던 길은 많은 이들이 걸어왔던 일반적인 길과는 결이 많이 다르다는 점이다.

모두 제 나름대로 자신의 길들을 걸어왔겠지만, 촌놈 임락경 형의 길은 그런 길들 가운데서도 독특함이 두드러지기 때문이다. 그는 다른 이들이 쉽게 흉내낼 수 없는, 그 자신만의 길을 걸어 그답게 여기까지 왔다. 그의 삶, 그가 걸어온 그 길이 아마도 촌놈 형을 이 시대의 '기인' 또는 '물건'이라고 평가하게 만드는 이유일 것이다.

그가 걸어온 그 길 위에서 우리는 동선이 겹쳐, 관옥 사형, 채현국 선생, 원경선 선생 등을 만났다. 길지 않은 이번 생에서 그렇게 귀한 만남을 함께할 수 있어 고마웠다.

촌놈 임락경 형의 남은 날, 남은 길에도 감사와 평화가 늘 함께 하시기를 마음 모은다.

목사님에 대한 몇 가지 추억

한경호
한국농신학연구회 회장,
《농촌과 목회》 발행인

임락경 목사, 하면 가장 먼저 떠오르는 이미지가 털털한 시골 농민, 제도권의 때가 전혀 묻어 있지 않은 '들사람'이다. 목사님을 아는 대부분의 사람들이 그런 인상을 갖고 있을 것이다. 그렇다! 그는 초등학교 졸업 후 제도권 교육체제를 떠났고, 뜻있고 훌륭한 지성과 영성의 사람들을 통해 가르침을 받으며, 그러한 부류의 사람들과 교제하면서 자기만의 독특한 세계를 구축하면서 살아온 사람이다.

이 점은 나에게 무척 부러운 점이다. 나는 늘 제도권의 틀 안에서 교육을 받으며 살아왔기 때문에 그것이 '감옥'처럼 느껴질 때가 종종 있었다. 그래서 나를 암암리에 속박하고 있는 이 제도권을 벗어나서 내 마음대로 훨훨 날고 싶었던 때가 종종 있었다. 임락경 목사는 함석헌 선생의 말로 표현하면, '들사람'이요, '들사람 얼'을 가지고 살아온, 현대 사회에서는 찾아보기 어려운 특별한 존재이다.

내가 임락경 목사를 처음 본 것은 목회자의 길로 인생의 행로를 전환하여 장로회신학대학교 신학대학원에 입학하여 농촌선교동아리인 농어촌선교연구회의 회원으로 활동할 때였다. 대략 1985년에서 1986년 사이였을 것이다.

나는 전북 완주군 이서면에 있는 기독교장로회 기관인 기독교농촌개발원(이하 기농원)에서 진행하는 신학생 대상 교육에 참여하였다. 당시 나는 농어촌선교연구회의 교육부장을 맡고 있어서 회원들의 의식 전환에 관심과 노력을 기울이고 있었는데, 마침 기농원에서 그런 교육 일정을 준비하고 있었던 것이다.

회원들과 함께 참여하였는데, 임락경 목사를 거기에서 처음 보았다. 만났다기보다는 그냥 보았다. 임 목사는 교육 일정의 진행을 도와주는 역할을 맡았던 것으로 기억한다. 그와 별 대화는 없었고, 일반 사람과는 다른 차림새와 언행이 나의 관심을 끌었었다. 아직 어떤 분인지 잘 모르는 때여서 궁금증만 가지고 돌아왔었다.

당시에 목사 안수를 받았었는지 여부는 잘 모르겠다. 이후에도 임 목사에 대하여 알 수 있는 기회는 별로 없었고, 어쩌다 다른 목회자들과 함께하는 활동 과정에서 임 목사가 다석 유영모 선생의 마지막 제자라는 둥, 이현필 선생이 세운 동광원에서 생활했다는 둥, 간간이 그에 대한 얘기를 들었던 것 같다.

그러다가 1990년대 초반으로 기억하는데, 내가 강원도 원주 호저교회에서 시무할 때, 임락경 목사를 부흥회 강사로 초청한 적이 있었다. 흔히 하는 일반부흥회가 아닌 건강부흥회였다. 임 목사가 스스로 터득한 건강 관련 지식과 경험이 남다르다는 점을 나는 이미 알고 있었고, 우리 교회가 농촌 교회이니 정서적으로도 잘 맞으리라 생각되어 그를 모신 것이었다.

당시 이런 종류의 건강부흥회는 우리 주변에서는 처음 있는 일이었다. 그런데 강사가 교회에 도착하였는데 트럭을 몰고 왔다. 게다가 트럭에서 내리는데 보니 '깜장' 고무신에 맨발이었다. 복장은 어떠했을지 금방 상상이 갈 것이다. 깜짝 놀라 당황하여 "목사님, 그래도 양말은 신으셔야지요."라고 했더니, 목사

님은 "그래, 그럴 줄 알았지, 양말은 그래서 갖고 다니네. 신을
게." 하면서 차에 다시 올라 금방 양말을 신었다.

한마디로 충격이었다. 제도권 강사와는 확연히 다른 모습이
어색하기는 했지만, 싫지는 않았다. 어떤 메시지를 전했었는지
오래되어 지금은 기억이 잘 나지 않지만, 교인들은 그 시골 농
부 같은 털털한 모습과 언행에 거리감 없이 친밀감을 느꼈던 것
같다.

한참 후, 내가 호저교회를 사임하고 원주 귀래에 들어와 농
가에 살 때였다. 내가 사놓은 땅에 집을 지으려고 하니 집 자리
를 좀 봐 달라고 임 목사에게 부탁을 했다. 지하수 자리를 잘 보
고, 풍수에 밝고, 그래서 집 자리도 잘 보기 때문에 부탁 드린
것이었다. 임 목사는 집 자리를 일러주고 갔다. 자신의 스승이
일체 돈을 받지 말라고 했다면서 거저 보아준다고 했다.

봐준 자리는 아늑하면서도 앞이 탁 트인 곳이었다. 그런데
아쉽게도 그 자리는 도로가 난 곳이 아니어서 건축 자재를 운반
하지 못하니 집을 짓기 힘든 곳이었다. 결국 그곳에 짓지 못하
고 그 아래쪽에 지었다. 이렇게 집을 새로 짓고 귀래에서 농사
짓고 살고 있는데 횡성영락교회에서 나를 청빙하였고, 나는 그

교회로 시무지를 옮겼다.

그곳에서 목회할 때 다시 한 번 임락경 목사를 부흥회의 강사로 모셨다. 당시 횡성영락교회 교인들은 거의 다 귀촌, 귀농한 분들로서 본래 도시인들이었고, 신앙생활도 연조가 오래되어 직분도 다 높은 분들이었다. 그런 분들하고는 잘 안 어울릴 것 같았지만, 그래도 이런 분이 있다는 것을 교우들에게 알려주고 싶어서 강사로 초빙하였다.

아니다 다를까, 점잖고 도시물 먹은 횡성영락교회 교인들하고는 잘 맞지 않았다. 그들은 일단 그의 외모가 맘에 안 들었고, 그의 어투도 맘에 안 들었는지 거의 대화를 하지 않았다. 임 목사의 말과 처방에 대하여 크게 신뢰하지 않는 눈치였다. 어느 정도 예측했던 일이어서 별로 놀라지는 않았다.

평소 교인들의 행태를 못마땅하게 여기던 나로서는 '너희들이 똑똑하면 얼마나 똑똑하냐? 이런 경험과 지식을 생활 속에서 터득하고 실천하는 게 얼마나 중요한데, 뭘 알기나 하나?' 하는 생각으로 대수롭지 않게 넘겼다. 시무하던 교회 두 곳에서 임 목사를 강사로 모신 것도 인연이라면 인연이었다.

2005년도에는 임 목사의 회갑연이 있었다.

1945년에 태어난 '해방둥이' 임 목사는 당시 강원도 화천의 시골교회에서 목회하면서 농사를 지으며 장애인들을 돌보고 있었다. 그곳에서 회갑잔치를 하였다. 수명이 점차 길어지면서 회갑연을 하는 사람이 거의 없을 때였다. 다소 의아하게 생각했지만 '본인이 원하면 얼마든지 할 수 있는 일이니 무슨 까닭이 있겠지'라고 생각하면서, 나도 몇 가지 선물을 준비해서 화천으로 갔다.

가보니 교통도 불편한 그 시골구석에 하객들이 엄청나게 많이 왔다. 나는 깜짝 놀랐다. '이 시골구석까지 무슨 사람들이 이리 많이 왔을까?' 진짜 깜짝 놀랐다. 그것도 제법 이름 있는 분들이 많았다. 지금 기억으로는 조화순 목사가 있었는데, 그분이 당시 정치인으로 활동하고 있던 김근태 선생(노무현 정부 시절이었고 보건복지부 장관이었던 것으로 기억한다)을 소개하는 것이었다. 이외에도 많은 분들이 왔지만 오래되어서 기억이 나지 않는다.

아무튼 그 회갑연을 통하여 임락경 목사가 어떤 사람인지 알 수 있었다. 그의 인맥은 전국뿐 아니라 외국에 이르기까지 폭이 넓었고, 지체 높다는 사람들로부터 동네 주민들까지 두루

두루 좋은 인간관계를 맺고 살아왔다는 것을 알 수 있었다.

무엇이, 어떤 점이 그런 삶을 가능하게 했을까? 아마도 자신이 가진 능력으로 많은 사람들에게 도움을 주면서 살아온 것이 오늘 이 회갑연을 풍성하게 만들지 않았을까 생각해 보았다. 임락경 목사가 한결 돋보였고, 매우 새롭게 보였다.

임락경 목사를 좀 더 가까이에서 보면서 겪은 것은 아시아기독교생명농업포럼에 함께 참여하기 시작한 이후이다. 2005년도에 '한국기독교생명농업포럼'이라는 생명운동 단체를 만든 이후, 2006년도에는 충남 홍성에서 제1차 아시아기독교생명농업포럼 행사를 개최하였다. 이후 3년에 한 번씩 아시아 각국을 돌면서 포럼을 진행했는데, 그때 임 목사는 거의 빠지지 않고 능동적으로 참석하였다.

이런 그의 모습이 후배들에게는 격려가 되었다. 이미 외국에 다닌 경험이 많았고, 그것도 강사로 다니면서 대접을 받은 분이니 영어는 잘 못하지만, 지내는 데는 아무 문제가 없었다. 일정 속에 각국의 문화공연이 있을 때면 기꺼이 나서서 무언가를 했다. 소리든, 민요든, 한국의 가락을 선보였다.

행사를 전부 영어로 진행하는데도 꾸준히 참석하였다. 통역기가 개인별로 지급이 되었지만 별로 크게 도움이 되지 못했다. 임 목사의 연세가 들어가면서는 국외에 다니는 일이 괜찮을지 약간 걱정이 되기는 했지만, 본인이 판단할 일이어서 무심한 척 지냈다. 임 목사와 함께 인도, 태국, 필리핀, 인도네시아 등 여러 나라를 다녔다. 2025년도에는 인도에서 7차 아시아포럼을 개최할 예정인데, 우리가 그때도 참여할 수 있을지 아직은 모르겠다.

2000년대 초반부터 강원도 홍천, 원주, 횡성 등지에서는 골프장 건설, 고압송전탑 설치 등의 문제로 주민들의 반발과 저항이 드셌다. 특히, 홍천에는 골프장이 여덟 개나 들어선다고 하여 주민들이 대책위원회를 만들고 투쟁을 벌였다.

2010년이 지나가면서 투쟁이 잦아들기 시작하였다. 이때 나는 '강원도는 생명과 평화의 지역인데, 이곳에서 생명과 평화를 파괴하는 일이 진행되는 것을 막기 위해서는 상시 활동 조직이 있어야겠다'는 생각을 하면서 광역권 운동단체를 만드는 작업을 하였다. 골프장 건설 반대 투쟁의 열기를 이어받아 활동하는 후속 조직을 만드는 셈이었다.

그 작업을 해나가고 있던 어느 날, 강릉에서 준비위원회의

no人 임락경과 함께한 시간을 돌아보니

를 할 때였다. 생각하지 못했던 분들이 참석하였는데, 바로 임 락경 목사와 춘천의 한주희 목사였다. 깜짝 놀랐다. 어떻게 알 고 왔는지 모르지만 여하튼 반가웠다. 어떻게 오셨느냐고 물으 니 대답이 "어, 한경호가 한다고 해서 왔어."였다. 반갑고 기뻤 다. 그리고 큰 힘이었다. 화천에서 강릉까지 와서 참석을 했으 니 놀랍고 감사할 일이었다.

당시 조직 작업의 탄력이 붙어야 할 때인데 딱 그런 시기에 오셨으니, 나에게는 큰 격려요, 든든한 지원이었던 것이다. 이 후 조직 작업을 계속하여 마침내 2014년 5월, '강원생명평화회 의'라는 이름의 조직이 탄생하였다. 임 목사는 이후 구체적인 활동을 할 때도 늘 참석하면서 협력해 주었다.

강원생명평화회의는 민회와 풍류모임 두 가지 형태로 모임 을 가졌는데, 민회에서는 주로 시사적인 무거운 주제를 다루었 고, 풍류모임은 말 그대로 부담 없이 먹고 마시고 놀았다.

언젠가 통일을 주제로 한 민회 모임을 춘천에서 할 때였다. 강원도가 분단된 도이니 통일 문제를 다루지 않을 수 없었다. 양구에 계시는 오충일 목사, 인제에 계시는 아무개 선생 외 한 분이 더 참석하였고, 임락경 목사가 좌장을 맡아서 진행하였다.

사람, 임락경

모임을 마친 후 아무개 선생이 먼저 일찍 갔다. 그 모습을 보고 임 목사는 "저 친구는 어느 모임에 가도 자기 순서가 끝나면 먼저 간단 말이야. 같이 좀 놀다가 가면 안 되나?" 하면서 영 못마땅하다는 듯 말하였다. 아무개 선생도 예전에 농민운동을 했기 때문에 임락경 목사와 만날 일이 있었던 모양이었다. 지식인 운동가의 털털하지 못한 처신에 대한 불만의 표시였으리라. 본인의 말처럼 '배운 사람'에 대한 열등의식이 예민하게 작용했는지 모를 일이었다. 지금도 풍류모임은 계속되고 있는데, 임 목사는 가능하면 빠지지 않고 참석하고 있다.

시기는 잘 생각이 나지 않지만, 몇 가지 인상적인 일이 있었다. 어느 모임에서인가 내가 찬송가에 '금주가'가 있었는데 아느냐고 동석한 사람들에게 물었다. 다들 어리둥절해 했다. 그도 그럴 것이 옛날 찬송가에는 있었는데 개정을 하면서 이미 오래 전에 없어져 버렸기 때문이다. 요즘 젊은 사람들이 잘 알지 못하는 건 당연한 일이었다. 나는 어린 시절 교회에서 이 찬송을 불렀던 적이 있기에 기억하고 있었다.

내가 먼저 시범적으로 찬송을 불렀다.

"금수강산 내 동포여~ 술을 입에 대지 마라~ 건강 지력 손

251
no人 임락경과 함께한 시간을 돌아보니

상하니 천치될까 늘 두렵다~ 아~ 마시지 마라, 그 술~ 아~ 보지도 마라, 그 술~ 우리나라 복 받기는 금주함에 있나니라~"

이렇게 1절을 불렀는데, 임락경 목사가 2절, 3절을 내리 부르는 것이었다. 나는 1절만 겨우 기억하고 있는데 3절까지 부르다니, 기억력이 대단했다.

그뿐 아니었다. 옛날 노래를 부르면 임 목사는 그게 몇 절이든 끝 절까지 다 불렀다.

언젠가는 함께 차를 타고 가다가 1960년대 월남 파병 당시의 부대 노래를 불렀다. 맹호부대, 청룡부대, 백마부대의 부대가를 부르는데, 그는 막힘이 없었다. 내가 춘천중학교에 재학하고 있을 때 맹호부대가 파병되었고, 춘천역에서 기차로 떠나는 맹호부대원들을 단체로 나가 배웅하면서 불렀던 노래이기에 나도 기억하고 있었다. 나와 임 목사만 열심히 불렀다.

알고 봤더니 그 방면의 책까지 낸 분이었다. 『그 시절 그 노래 그 사연』이라는 제목의 책이 이미 나와 있었다. 이 책은 그가 기억력이 비상한 사람이라는 점을 모두가 알게 해주었다.

언젠가 대화하는 중에 왜 목사가 됐는지 얘기를 들은 적이 있다. 묻지는 않았는데 대화하는 중에 자연스럽게 나왔다. 활동을 하다 보면 "목사를 상대할 일이 많은데, 평신도의 위치에서 목사한테 반말하기가 어렵더라"라는 것이었다. 사실 젊은 목사라도 일단 목사면 말을 놓기 어려운 것이 현실이다. 그래서 목사한테 반말하려고 목사 안수를 받았다는 것이었다.

임락경 목사처럼 제도권 교육과 거리가 먼 분의 경우는 실제 그의 인격과 역량에 걸맞은 객관적인 지위를 가지기 어렵다. 그렇기에 인간관계 속에서 무슨 일을 하기가 쉽지 않았을 것이고, 목사의 지위를 가진 것은 그런 불편함을 덜기 위한 고육지책이었을 것이다. 껍데기가 중요한 것은 아니지만, 현실에서는 그것 때문에 어려움과 불편함을 겪는 적이 많으니 개인적으로 그것을 제거하는 수밖에 없었을 것이다. 충분히 이해할 수 있는 일이다.

나와 임 목사와의 관계는 계간 《농촌과 목회》를 발행하면서 줄곧 이어졌다. 《농촌과 목회》는 1999년 3월에 창간되었는데, 나는 그에게 창간호부터 글을 부탁하였다. 〈농촌 목회자와 건강〉이라는 제목의 칼럼이었다. 이 칼럼의 소재가 샘에서 물이 솟듯이 끝없이 나왔다. 임 목사는 100호까지 한 번도 빠진 적 없이 글을 생산하였다. 아마 앞으로도 계속 쓸 것이다.

후에 들은 얘기지만《농촌과 목회》에 글을 쓰면서도 다른 여러 곳에도 동시에 연재물을 계속 썼고, 그것도 중복되지 않게 각각 다른 글을 썼다고 하니 탄복하지 않을 수 없다. 이는 임락경 목사가 생활 속에서 지혜를 발견하고 터득하는 능력이 탁월하다는 것을 의미한다. 일어나는 현상을 무심히 넘기지 않고 세심하게 관찰하면서 그 인과관계를 살피고, 그 현상에 대한 나름의 해석을 하여 해법과 지혜를 창의적으로 도출해 낸다는 말이다. 이러한 능력은 아무나 발휘할 수 있는 것이 아니다. '들사람'으로 살아온 분이기에 가능한 것이라고 생각한다.

사람은 배운 학식에 관계 없이 인생을 터득하고 깨닫는 능력을 갖고 있다. 예수가 무슨 제도권 교육을 받았는가? 못 받았기 때문에 그것을 넘어서서 깊은 세계를 들여다보고 본질을 꿰뚫어보는 능력을 발휘하지 않았는가? 제도권 교육은 오히려 걸림돌로 작용하는 수가 많다.

예전에 함석헌 선생이 했던 말이 생각난다. 앞으로 한국사회에 인물 나기 힘들 것이라는 말이었다. 난세亂世에는 여기저기에서 인물이 나는데, 제도권 교육이 정착되면서 모든 사람을 '도토리 키재기' 식으로 길러서 다 고만고만하다는 뜻이다.

아무도 없는 들(광야)에서 메뚜기와 석청을 먹으면서 '들사람'으로 살았던 세례 요한에게 하나님의 영이 임하여 세상을 뒤집어보는 능력이 나타난 것처럼, 들사람으로 살아온 임 목사 같은 이에게 하나님의 영이 임하고 세상을 뒤집어보는 능력이 생길 수 있는 것이다.

임락경 목사와 같은 사람은 앞으로 나기 어려울 것이다. 나는 내 인생에서 임 목사와 같은 사람을 만날 수 있었다는 것에 대해서 매우 기쁘고 고맙게 생각한다.

청년시절 함석헌 선생의 책에서 「들사람 얼」이라는 제목의 글을 본 적이 있는데, 속으로는 그런 사람이 어떤 사람일까 생각했었다. 임락경 목사가 바로 그런 사람이었다. 제도권의 때가 묻지 않은 사람, 땅의 사람, 맨 사람, 촌사람이다. 그래서 나는 임락경 목사를 존경하고 귀하게 생각한다.

팔순을 지나 백수 할 때까지 건강하게 살면서 후배들을 깨우치고 들사람 정신을 심어주기 바란다.

무월산방 소고撫月山房 小考

허태수
춘천 성암교회 담임목사

동양화는 서양화와 달리 그림 그리는 사람의 자리가 정해져 있지 않다. 동양화를 그리는 사람은 그저 산과 하늘을 훨훨 날아다니면서 보고 느끼는 것을 직감적으로 그린다. 어디서나 그리는 사람이 본 데가 제 자리고, 보이는 것이 모두 그림이다.

멀고 가까운 것[遠近]만 없는 게 아니다. 안과 밖[內外]도 없다. 그림 그리는 사람은 산수山水 속을 걷고 있을 뿐만 아니라 그림 속에서 그림을 그리고 있다. 그렇기 때문에 동양화는 통째요, 하나다.

동양의 그림에서는 화가의 발걸음이 산수로 옮겨짐에 따라 자연이 열리고, 자연이 열림에 따라 그림도 열리고, 그림이 열림에 따라 눈도 열린다. 이리하여 화면은 어디나 '여기'가 되고 화가의 눈은 안 가는 데가 없다.

화가의 눈은 산수를 걷고 있는 자기 자신도 본다. 화가는 화가이면서 이미 화가가 아니다. 화가도 산수가 된 것이다. 화가까지도 포함한 산수 전체를, 산수가 된 화가가 보는 것이다. 화가의 눈 속에는 자기도 포함한 산수 전체가 비친다. 이리하여 산수가 그려짐에 따라 그림도 그려지고 그림이 그려짐에 따라 화가의 마음도 그려진다.

산수와 그림과 마음이 하나로 뚫리는 곳에서 그 그림의 깊이가 드러난다. 이렇게 인간의 정신이 깊은 곳에서 자연과 만나는 것이다. 화가는 신즉자연神卽自然의 존재다.

사람 농사를 짓고 사람이 먹는 양식을 지으며 사는 임락경 목사님이 나무와 돌과 흙으로 지은 집에 잠시 머문 적이 있다. 해가 기울자 발아래로 펼쳐지는 화학산의 운무雲霧는 소리 없는 노래요, 움직이지 않는 춤이었다. 어둠이 깊어지자 개똥불이 찾아와 나긋나긋한 빛으로 지루한 어둠을 털어낸다. 큰 산 너머로 비추는 도시의 불빛은 엄청난 오로라였다.

나는 그 집에서 비로소 '신즉자연'의 실재를 느꼈다. 인간의 정신이 자연과 만나는 동양화는 그림이 아니라 한 채의 아름다운 집이었던 것이다.

그날 밤 나는 '신즉자연'에 취해서 그만 그 집의 이름을 '무월산방撫月山房'이라고 짓고 말았다. '달을 애무하는 곳'이라는 뜻이다.

회화의 퇴보니 인문학의 멸절이니 하는 이야기를 간혹 듣는다. 이성이 배부른 탓이다. 그림이 살아나서 '신즉자연'에 들고 인문학이 꽃처럼 피어나려면 잠시 이성을 멈추고 자귀와 톱을 들어야 하지 않을까. 그렇게 산으로 들어가 나무를 고르고 다듬어 집 한 채는 지어 봐야 한다. 제 한 몸 편히 눕힐 집 말이다.

임락경 목사님의 '돌-파-리' 설법에 근거하자면, '힘쓰는 놈이 대가리 쓰는 놈보다 많아야' 하는 것이다. 인문의 부흥은 거기서 출발할 터다. 그런 다음에 춤추고 노래하고 그림을 그려도 늦지 않다!

누군가 임락경 목사님을 "하나님이 큰맘 잡수시고 내려보낸 사람"이라고 했다. '하나님이 내 편'이라는 작자는 무수히 많아도 '하나님이 큰맘 잡수시고 이 땅에 내려보냈다'는 사람은 몇

이나 되랴! 나는 그를 '선인장의 가시' 같은 존재로 느낀다. '돌-파-리' 설법이 그렇고, 팔순의 삶이 그렇다.

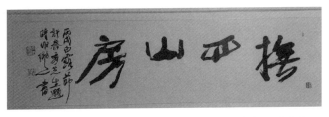

* 본시 이 글은 2006년 9월19일, 강원도 화천 시골집에 '무월산방撫月山房'이라는 명패를 걸고 난 후에 쓴 글이다. '무월산방'이라는 이름은 내가 지었고, 글씨는 시백 안종중 선생이 쓰셨다.

사람, 임락경

1쇄 발행 2024년 7월 15일

지은이 이병순과 스물네 사람
원고정리 백상훈, 한주희

펴낸이 김제구
펴낸곳 리즈앤북
출판등록 제2002-000447호
주소 04029 서울시 마포구 잔다리로 77 대창빌딩 402호
전화 02-332-4037   팩스 02-332-4031
이메일 ries0730@naver.com

값은 뒤표지에 있습니다.
ISBN 979-11-90741-43-9 (03810)